Ingrid Werner: Krimis für jede Lebenslage

13 böse Geschichten

AF215535

Krimis für jede Lebenslage
13 böse Geschichten

von

Ingrid Werner

Impressum

Bibliografische Information der Deutschen Nationalbibliothek:
Die Deutsche Nationalbibliothek verzeichnet diese Publikation in der Deutschen Nationalbibliografie; detaillierte bibliografische Daten sind im Internet über http://dnb.dnb.de abrufbar.
© 2019 Ingrid Werner
Covergestaltung mit Illustration: Rudy Muhardika
Illustration der Kapitelvignetten: Xenia Werner
Herstellung und Verlag: BoD – Books on Demand, Norderstedt
ISBN: 978-3-7460-9371-0
Besuchen Sie mich im Internet: www.werner-ingrid.de

Inhalt

Vorwort

Liebe Leserin, lieber Leser,

Sie müssen sich nicht unbedingt kopfüber von der Decke hängen lassen, um meine Geschichten lesen zu können, ein gemütliches Sofa tut's auch. Oder ein Sitzplatz im Zugabteil. Ein Liegestuhl am Strand. Oder...

So vielfältig die Möglichkeiten des Leseortes sind, so abwechslungsreich habe ich die Kurzkrimis gestaltet und wünsche Ihnen damit angenehme Lesestunden.

Die nachfolgenden Kurzgeschichten erschienen so oder so ähnlich schon in verschiedenen Anthologien, manche von ihnen wurden für Krimipreise nominiert. Hier finden sie eine neue, gemeinsame Heimat.

Viel Vergnügen!

Ingrid Werner

Für Eheleute

Karpfhamer Käferglück

»Das Ei ist hart, Christine.« Hugo klopft mit dem Löffel an die Eierschale. »Wie oft sagte ich dir schon, ich möchte mein Ei drei Minuten, Christine? Wie oft?«

Er seufzt. Das hat er geübt. Dreiundvierzig Jahre lang. Nun, vielleicht auch nur zweiundvierzig, im ersten Jahr sah er noch milde über ihre Unzulänglichkeiten hinweg. Was sollte man auch anderes erwarten, wenn man von Hannover nach Niederbayern geraten war und seine blutjunge Sekretärin geheiratet hatte? Man musste Geduld mit ihr haben. Mutter war damals auch seiner Meinung.

»Nein, Christine, nicht wieder diese Ausrede«, erstickt er ihre potenzielle Erwiderung im Keim. »Du besitzt eine Küchenuhr. Und zu deinem letzten Geburtstag schenkte ich dir eine neue Eieruhr. Ein Rottaler Pferd, bei dem man mit der Drehung des Halses die Zeit einstellen kann. Sehr pittoresk, wie ich finde.« Er fährt mit dem Finger zwischen seinen eigenen Hals und den Hemdkragen, um die Enge zu lockern. Warum muss sie den Kragen auch immer so stärken?

»Und sie funktioniert auf die Sekunde«, doziert er weiter. »Ich habe es überprüft. Den vorherigen Küchenwecker hast du ja auf den Boden fallen lassen.« Er rückt sein Buttermesser einen Tick nach links. »Allerdings ist mir nicht entgangen, dass die Küchenwand nach deinem, ähm, Missgeschick eine Delle aufwies.« Sie trifft ein Blick aus grauen Augen. »Wir wollen nicht weiter darüber sprechen.«

Schweigend widmen sich beide wieder dem Frühstück. Da klingelt es an der Wohnungstür. Christine sieht ihren Gatten an, dieser isst jedoch ungerührt weiter. Als sie aufsteht, schwingt ihr Rock um die schlanken Beine und über ihr Gesicht huscht ein winziges Lächeln.

Nach einigen Minuten kommt Christine zurück. Es war der Postbote. Neben Werbung hat er auch ein Päckchen für Hugo gebracht. Christine reicht es ihm. Hugos Gesicht bekommt vor Freude eine zartrosa Färbung, die sich bis zu den über seine Glatze gekämmten Haarsträhnen ausbreitet. So entgeht ihm, dass seit dieser Unterbrechung auch Christines Wangen glühen. Wenn auch aus einem anderen Grund.

»Endlich!« Seine Lieferung des Coleoptera-Shops ist eingetroffen. Aber selbst dadurch wird er sich seinen Tagesablauf nicht durcheinanderbringen lassen. Er legt das Päckchen auf den Tisch, tupft mit der Stoffserviette die Brezelkrümel von den Lippen, entfaltet die Tageszeitung und vertieft sich in seine Lektüre. Als Christine seinen Teller abräumen will, dreht er sich hilfsbereit zur Seite. Sie ist auf dem Weg in die Küche, da fällt ihm noch etwas ein.

»Christine!«, ruft er ihr hinterher.

Seine Frau erstarrt in der Bewegung, ihr Rücken versteift sich. Sie dreht sich jedoch nicht um. Er lässt die Zeitung sinken. »Was gibt es denn zum Mittagessen?«, fragt er, raschelt das Papier allerdings sogleich wieder nach oben. »Ach ja, ich erinnere mich! Pilze.« Seine Aufmerksamkeit kehrt zu den Schlagzeilen zurück, schon hat er seine Gattin vergessen. Mit einem Ruck setzt sie den Weg in ihre Gefilde fort und schließt leise die Tür.

Vormittags pflegt er sich seiner Käfersammlung zu widmen. In seinem Herrenzimmer hat er ein paar erstaunliche Exemplare der Rosalia alpina, des Alpenbocks, der auch im Bayerischen Wald vorkommt. Ganz erstaunlich, denn das übliche Blauschwarz der Panzer schimmert bei diesen Stücken purpurn. Hugo ist schon länger der Ansicht, dass man deren Klassifizierung ändern müsste. Ja, in der Tat. Aber unglücklicherweise hat die Fachwelt noch keine Notiz davon genommen. Bislang war er viel zu bescheiden, hat mit seinem enormen Wissen hinter dem Berg gehalten. Das meinte auch Mutter immer. Viel zu bescheiden. Das wird er jetzt angehen. Für heute hat er sich vorgenommen, einen ausführlicheren Artikel an die Fachzeitschrift *Käfer – Die Krönung der Schöpfung* zu schicken.

Sein Päckchen hat er mitgenommen und für später auf seinen Schreibtisch abgelegt. Er setzt sich und greift gewohnheitsmäßig in die Schale, in der seine Pfefferminzpastillen bereit liegen. Er fasst jedoch ins Leere. Schon wieder. Nie füllt Christine rechtzeitig auf. Er seufzt. Heute scheint ein Tag der Seufzer zu sein.

»Mutter, was soll ich nur mit ihr machen?«, fragt er die Fotografie im silbernen Rahmen, die auf seinem Tisch steht.

Lange starrt er in das geliebte Gesicht. Die gleichen Augen, die gleichen Lippen wie er. Die grauen Haare zu einer Hochsteckfrisur aufgetürmt blickt sie ernst zurück. Er hält stumme Zwiesprache mit ihr, wie er es schon so oft in den letzten sieben Jahren seit ihrem Tod getan hat. Warum hat sie ihn verlassen? Sie war das Beste in seinem

Leben. Sie hat ihn verstanden. Sein perfektes Pendant. Mit einem erneuten, tiefen Seufzer wendet er sich seinem Artikel zu.

Ganz in die Problematik seiner Argumentation vertieft nimmt er erst mit der Zeit wahr, dass Marschmusik durch die geschlossene Zimmertür an sein Ohr dringt. Jetzt fällt ihm auch auf, dass sein Unterbewusstsein immer wieder die Stimme seiner Frau vernommen hat. Rief sie nicht ›Hurra, hurra‹? Was ist da los? Das Klappen der zuschlagenden Wohnungstür weckt nun endgültig sein Interesse. Sie ist weg. Gut. Aber wohin geht sie? Er eilt den Flur entlang zum Esszimmer. Durch die Spitzengardine sieht er seine Frau. Sie steht am Straßenrand mit einem Weidenkorb am Arm. Auf der Straße ist allerhand los. Zuschauer stehen dichtgedrängt und jubeln den vorbeiziehenden Trachtengruppen und den Goldhaubenfrauen zu. Der Umzug des Karpfhamer Festes wälzt sich durch die Straße. Nun erklärt sich ihm auch Christines Geschrei. Als Einheimische liebt sie dieses Spektakel. Für ihn ist es nichts, er bevorzugt klassische Konzerte.

Hinter einer Blaskapelle fährt ein Pferdegespann mit sechs Rössern, ein Vorgeschmack auf den berühmten Zehnerzug. Die Leute johlen und klatschen. Auch Christine jauchzt und winkt. Gerade als er denkt, dass sie sich lieber an ihre Pflicht erinnern und Pilze sammeln sollte, dreht sie sich nach links, ihr Rock flattert fröhlich um ihre Beine und sie marschiert los. Richtung Rottauen.

Erleichtert richtet sich Hugo aus seiner Beobachterposition auf. Er ist allein. Endlich. Was soll er jetzt beginnen? Natürlich könnte er sich in sein

14

Herrenzimmer zurückziehen und den Artikel beenden. Dazu fehlt ihm jedoch nach dieser Unterbrechung die Inspiration, außerdem stört ihn nun der Lärm von der Straße. Aber er weiß schon. Er wird sein Päckchen öffnen.

Welch ungetrübte Freude! Zwischen den Styropor-kügelchen sind Schachteln versteckt, in denen seine Lieblinge aus allen Herren Ländern auf ihn warten. Es sind nicht nur harmlose Vertreter ihrer Gattung dabei. Nein, er ist durchaus risikofreudig. Vor Jahrzehnten hat er beispielsweise mit der Spanischen Fliege experimentiert. Da er in der Anfangszeit seiner Ehe meinte, seinen Pflichten nachkommen zu müssen, wollte er dies auf naturkundlichen Weg unterstützen. Sozusagen. Aber die Einnahme bereitete ihm keine Freude. Eine Dauererektion ist eben kein Aphrodisiakum. Er denkt nur ungern daran zurück. Geblieben ist allerdings seine Leidenschaft, die chemischen Bestandteile seiner Schätze zu erforschen, und so hat er auch diesmal einige extraordinäre Exemplare bestellt. In freudiger Erwartung holt er Lupe, diverse Fachbücher, Pinsel, Stößel und Mörser sowie extragroße Stecknadeln hervor und macht sich an die Arbeit. Er sortiert, befestigt, katalogisiert, pulverisiert, presst und verstaut Käfer, Larven und Eier. Später wird er in seinem Laboratorium im Keller einige Pulverpresslinge genauer analysieren. Aber eins nach dem anderen. Inzwischen legt er sie in diese leere Schale.

Der Duft von Semmelknödeln mit Pilzsoße schlängelt sich zu ihm herein. Sein Lieblingsessen. Ein Blick auf die Uhr zeigt ihm, dass er lange gearbeitet hat. Konzentriert und ohne Unterbrechung. Darum fühlt er sich auch gar nicht ermattet. Im Gegenteil. Er registriert, dass seine Stimmung gut, der Geist wiederbelebt ist. Außerdem verschafft es ihm tiefe Befriedigung, dass er die gesamte Bestellung schon aufgearbeitet hat. Nun hört er Geschirr klappern. Da wird er sich mal ins Esszimmer begeben.

Mit gewaschenen Händen setzt er sich zu Tisch. Christine bringt die Schüssel mit Pilzsoße und Knödeln herein. Beinahe ist er in der Laune, seine Frau anzulächeln. Aber nur beinahe. Stattdessen schlägt er die Serviette auf und stopft sie sich in den zu engen Hemdkragen. Vor ihm stehen wie üblich seine Gesundheitstropfen bereit. Leberstärkende Mariendistel, darauf schwört er. Eilig stürzt er sie hinunter.

»Mahlzeit.« Hugo will zum Soßenlöffel greifen und sich sein wohlverdientes Mittagessen einverleiben, da faltet sie die Hände. Sie betet!

Mit zusammengekniffenem Mund starrt er sie an. Das macht sie absichtlich. Sonst muss sie auch nie beten. Aber heute. Wenn er solchen Hunger hat, lässt sie ihn vor seiner Leibspeise warten.

Endlich bekreuzigt sie sich. »Amen.«

Er tut sich ordentlich auf. Kochen kann sie ja. Bis auf Eier. Aber naja, ansonsten bringt sie Anständiges auf den Tisch. Mit gesegnetem Appetit schaufelt er sich die von der Soße aufgeweichten Knödel in den Mund.

»Da war dir heute das Finderglück aber hold«, meint er. Das deftige Mahl stimmt ihn milde. Vielleicht hat er heute Morgen doch überreagiert.

Mit diesen versöhnlichen Gedanken häuft er sich ein zweites Mal auf.

Sie isst zaghaft. Schiebt ihre bis ins Kleinste zerstückelten Brocken auf dem Teller hin und her. Ihre Augen wandern durch das Zimmer, bleiben manchmal auf ihrem Ehemann liegen. Flackern wieder weg. Christine streicht ihre immer noch blonden Haare nach hinten, befestigt eine gelöste Strähne im Dutt. Sie nippt an ihrem Wasserglas. Ihre Hand zittert. Als sie es bemerkt, stellt sie das Glas sofort wieder ab. Ein schneller Blick zu ihrem Mann. Aber er hat nichts gesehen. Er ist zu sehr mit Knödeln, Pilzen und Soße beschäftigt.

Endlich ist der letzte Rest verputzt. Hugo lehnt sich zurück, zieht die Serviette aus seinem Kragen und wischt sich das Gesicht ab. Schweiß hatte sich auf seiner Stirn gebildet. Am liebsten hätte er laut gerülpst.

»Ein Digestif wäre jetzt angebracht.«

Seine Frau kommt dieser indirekten Aufforderung sogleich nach, stößt dabei im Aufstehen fast den Stuhl um.

Der Bärwurz ist von der Brennerei aus dem Nachbarort. Die Karaffe aus Bleikristall steht auf der Anrichte. Niemals würde Hugo eine profane Schnapsflasche dulden. Sie schenkt ihm ein, auch sich, was ungewöhnlich ist. Schließlich hat sie nichts gegessen. Aber er lässt es ihr durchgehen. Gönnerhaft prostet er ihr zu. »Gut hast Du gekocht, Christine.«

Sie nickt, kippt den Schnaps auf Ex und senkt den Blick auf die Tischplatte.

Hugo sehnt sich nach einem Mittagsschläfchen. Er wechselt auf die Couch in seinem Herrenzimmer und lässt sich vorsichtig nach hinten auf die Sitzfläche plumpsen. Der gefüllte Magen erlaubt kein Abknicken des Rumpfes oder sonstige heftige Bewegungen. Er schüttelt die Hausschuhe von den Füßen und legt sich langsam auf den Rücken. Heute hat er es wohl doch etwas zu gut gemeint mit sich. So gesättigt fühlte er sich schon lange nicht mehr. Um nicht zu sagen, übersatt. Mutter würde ihn ob solch einer Völlerei tadeln. Ganz Recht hätte sie.

Ach, Mutter.

Es geht ihm wirklich nicht gut. Leidend das Gesicht verzogen senkt er die Lider. Vielleicht hilft der Schlaf.

Plötzlich reißt er seine Augen weit auf. Ihm ist so übel! Er weiß nicht, ob er tatsächlich geschlafen hat, noch hat er im Gefühl, wie spät es ist. Abendliches Rotgold leuchtet durch den Spalt in den Vorhängen. Der Umzug ist schon lange vorbei. Aber für solche Beobachtungen und Rückschlüsse fehlt ihm im Moment jeder Sinn. Sein Körper ist in Not. Hugo liegt immer noch auf dem Rücken. Seine Bauchdecke drückt enorm gegen den Hosengürtel, darunter und darüber wölbt sich in besorgniserregender Weise der Stoff. Flatulenz und peristaltische Krämpfe toben in seinem Inneren. Er möchte die Hand ausstrecken und den Gürtel lockern, aber er kann sich nicht rühren. Er versucht, die Finger zu bewegen, mit den Zehen zu wackeln. Nichts. Ihm ist, als ob er in einem eisernen Sarg läge. Das Atmen fällt ihm schwer. Mühsam schnappt er nach Luft.

Herr im Himmel, hilf!

Da öffnet sich die Zimmertür. Vom Gang fällt Licht herein und blendet ihn. Er zwickt die Augen zusammen und fühlt, wie ihm der Angstschweiß in die Ohren läuft.

Jemand kommt ins Zimmer. Christine. Er möchte sie anflehen, sie solle den Doktor rufen oder gleich den Krankenwagen. Es stehe ernst um ihn, sehr ernst. Aber nur ein Krächzen entweicht seiner trockenen Kehle. Christine kommt näher. Er hört ihre katzenleisen Schritte. Sie beugt sich über ihn.

Hilfe! Hilf mir doch! Hugo legt all sein beschwörendes Bitten in den Blick.

Sie sieht ihm jedoch nicht in die Augen, sondern erfasst nur flüchtig seinen Zustand. Das kalkweiße Gesicht, die verkrampften Hände, der explodierende Bauch. Sie scheint zufrieden. Nickt kurz. Dreht sich schwungvoll um und eilt zurück. Da hält sie inne.

»Oh, Pfefferminzbonbons!«, ruft sie aus, greift in die Schale und steckt sich geschwind fünf Stück in den Mund.

***

Der Polizeiwagen wartet vor der Tür. Hugo neigt den Kopf zum angedeuteten Gruß für die beiden Nachbarinnen, die mit dem Besen in der Hand am Zaun stehen. Stumm starren sie ihn an. Die Schatten um seine Augen sind tief, und seine Haut scheint genauso grau geworden zu sein wie seine Iris. Als er auf den Rücksitz des Wagens geschoben wird, beugt er sich vor, um einen letzten Blick auf sein Haus zu werfen.

Die Frauen schweigen, bis das Auto um die Straßenecke verschwunden ist. Dann stecken sie die Köpfe zusammen.

»Seine arme Frau! Den ganzen Tag hat sie sich den Buckel krumm gearbeitet für ihn. Er hat sich immer nur bedienen lassen. Und zum Dank …«, sie senkt die Stimme, »hat er sie jetzt umgebracht.«

»Red koan Scheiss!« Die andere schaut sie ermunternd an. »Wie soll er des jetzt gmacht ham?«

»Vergiftet! Er hat sie mit seinen grauslichen Viechern umgebracht! Die Käfer, die er da immer gesammelt hat. Da waren giftige drunter. In seinem Keller hat er ein Labor gehabt. Das hat sie mir amal verzählt. Da hat er die Dinger ausgeforscht, wie viel Gift sie haben und so. Und damit hat er sie umbracht, die Christa!«

»Ah, geh!«

»Ah, ja! Er hat die Sachen im Internet bestellt. Da kriegt man alles. Von überall. Ich hab ihm auch amal so ein Packerl angenommen, wie sie nicht da waren. Wenn ich gewusst hätt, was da drin ist und was er damit machen will, hätt' ich zum Postboten gesagt, nein, hätt' ich gesagt, nicht mit mir. Ich helf ihm da ned dabei«

Die andere nickt. Die Erste wischt sich mit einem gebrauchten Taschentuch über den Mund. »Und dann ist er so ausgschamt, dass er sagt, nicht ER hätt' SIE, sondern SIE hätt' IHN vergiften wollen.«

»Naaa!« Die Zweite schüttelt den Kopf.

Die Erste nickt heftig. »Giftige Schwammerl hätt sie ihm gekocht, hat er gesagt. Und mit Fleiß. So ein Schmarrn. Da wär er ja tot. Ist er aber koa bisserl.«

»Genau.«

»Er meint, das hätt' er nur seiner guten Gesundheit zu verdanken, dass er noch lebt.«

»Ah, geh!« Die Frau beugt sich noch näher zu ihrer Nachbarin. Ein Glänzen in den Augen.

»Ah, ja, was sag ich? Der meint, er könnt uns verar...
Sie wissens scho. Beweise hat er nämlich keine. Die Frau
hat schon alles abgespült gehabt. Und Reste waren keine
mehr da, weil er alles aufgegessen hat. Überfressen wird er
sich eben haben, sonst nichts.«

»Des wird's sein.«

Beide wackeln einvernehmlich mit den Köpfen. Ein
Radfahrer fährt vorbei, sie schauen ihm hinterher.

»Und haben S' des vom Postboten schon gehört? Was
dem passiert ist?«

»Naaa, wos?«

»Der ist ins Wasser gegangen. In die Rott. Gestern.
Gleich auf der Stelle war er tot.«

»Ah, geh!«

»Ah, ja! Und die Leut sagen, er hätt' das mit Fleiß
gemacht. Aus Liebeskummer. Er hätt' was gehabt mit
einer Verheirateten. Hier aus der Gegend.«

»Ah, geh! Mit wem?«

Käferglück erschien in der Anthologie *Schwabens Schwarze
Seele* des Wellhöfer Verlages, Herausgeberin Bettina Hellwig. Die schwäbische Version davon.

Für Erstsemester

Probewohnen

»Bitte helfen Sie mir!«

Eine junge Frau glitt neben Hartmut auf die Parkbank. Sie legte ihre Hand auf den Ärmel seines Mantels und ein Blick aus veilchenblauen Augen flog über sein Gesicht. Rasch wandte sie sich wieder um. »Ich werde verfolgt.«

»Du meine Güte. Von wem?" Hartmut ließ die *Passauer Neue Presse* sinken. Gerade hatte er den Artikel über die Studentin gelesen, die vor zwei Monaten verschwunden war. Gestern war sie von Anglern aus der Donau gefischt worden. Das war schon die vierte Tote dieses Jahr. Die Polizei bat die Bevölkerung um Mithilfe.

Es dämmerte über der Innwiese. Neben ihnen in den Büschen raschelte es. Die Frau rückte näher an Hartmut heran und ergriff nun auch mit der anderen Hand seinen Arm. Er spürte, dass sie zitterte.

»Die Typen dahinten.« Sie verstummte.

Langsam drehte sich Hartmut um und blickte den Kiesweg in Richtung Universitätsgebäude hinunter. Er sah zwei junge Burschen, vielleicht Anfang Zwanzig und nicht viel älter als das Mädchen neben ihm, die sich in den Schatten einer Buche drückten. Einer trug eine grüne Kappe verkehrt herum auf dem Kopf, das Kinn des anderen zierte ein Ziegenbärtchen. Das konnte Hartmut zweifelsfrei erkennen. Sein Sehvermögen war noch tadellos.

»Haben die beiden Ihnen Angst eingejagt?« Hartmut musterte ihr hübsches Gesicht und ließ seinen Blick über ihre zarte Figur gleiten. Dann fasste er einen Entschluss. Er raffte die Zeitung zusammen, steckte sie in die Manteltasche und griff nach seinem Spazierstock. »Dagegen gibt es nur eins: Lassen Sie uns aufbrechen, gnädiges Fräulein.« Er erhob sich und reichte ihr galant seine Hand.

Für eine Sekunde spiegelte sich Belustigung in den Gesichtszügen des Mädchens. Diese wich allerdings sofort wieder der angespannten Ängstlichkeit, als das johlende Lachen der Männer zu ihnen drang.

»Ja, bitte«, sagte sie und stand schnell auf.

Doch Hartmut hielt nichts von übertriebener Eile. So konnte man das Tempo gemächlich nennen, als beide die Grünanlage verließen und die Innstraße entlang spazierten. Das Mädchen sah immer wieder zurück. Hartmut ahnte, dass die junge Frau es vorziehen würde, schneller voranzukommen. Jedoch, ein Gentleman rannte nicht.

»Wohnen Sie hier in der Nähe?« Sie hatte sich bei ihm eingehängt und überragte ihn um Hauteslänge.

»Ich muss vom ZOB aus ein Stück mit dem Bus fahren«, antwortete er. »Wollen Sie jetzt nicht lieber nach Hause gehen? Die beiden haben sich bestimmt inzwischen einen anderen Zeitvertreib gesucht.«

Wie um seine Worte Lügen zu strafen, hörten sie einen lang gezogenen Pfiff hinter sich. Das Mädchen grub die Fingernägel in Hartmuts Arm und drehte sich um.

»Da sind sie wieder.« Sie zog Hartmut weiter.

Ihr zuliebe versuchte er, sich ihrer Geschwindigkeit anzupassen. Allerdings war er schon einundsiebzig und sein Körper ließ ihn das bisweilen spüren. »Nicht so schnell, mein Kind«, keuchte Hartmut. »Ich muss gestehen, ich bin nicht mehr der Jüngste.« Er hielt an und beugte sich über seinen Stock.

»Aber die Typen. Sie kommen näher!«, rief sie. Sie schien sich nicht sicher zu sein, ob sie auf seinen Schutz vertrauen oder doch lieber wegrennen sollte.

Hartmut tätschelte ihre Hand. Allmählich normalisierte sich sein Atem wieder. »Hier werden sie uns nichts tun.« Er zeigte auf die Passanten, die im Feierabendverkehr an ihnen vorüberhasteten. »Hier sind zu viele Leute.«

Trotzdem beeilten sich die beiden beim Überqueren der Straße. Die Haltestelle kam in Sicht und wenn sie Glück hatten, musste jeden Moment ein Bus kommen. Die Jungs jedoch liefen über die Fahrbahn und waren jetzt dicht hinter ihnen.

»Hey, Opa«, pflaumte der mit dem Ziegenbart. »Wo haste denn die aufgerissen?«

Hartmut blieb stehen und drehte sich nach den beiden um, obwohl das Mädchen vorwärtsdrängte.

»Echt scharfe Braut«, flachste der andere und bewegte sein Becken in eindeutiger Pose. Grölend klatschten sie sich ab.

Das Mädchen stand erstarrt neben Hartmut. Er legte beruhigend seine Hand auf ihre.

»Geht und sucht euch eine Arbeit, ihr lichtscheues Gesindel.« Energisch stieß er seinen Stock auf das Pflaster. Wenngleich Hartmut sein ganzes Leben nicht arbeiten musste - der Fleiß seiner Vorfahren hatte ihn davor bewahrt - konnte er kein Verständnis für Herumtreiber aufbringen.

»Yoh!«, rief der mit dem Bärtchen und beugte sich so weit zu Hartmut hinunter, dass dieser die Mitesser auf der Nase des Jünglings erkennen konnte. »Riskier hier keine dicke Lippe, Alter. Sonst setzt's was.« Er blies ihm ins Gesicht.

In diesem Augenblick stoppte der Bus neben ihnen. Zischend öffneten sich die Türen. Hartmut schob das Mädchen zu den Stufen, steifbeinig stolperte es hinauf und er kletterte hinterher. Aus der Innentasche des Mantels fingerte er sein Portemonnaie und bezahlte die Fahrscheine. Die Tür stand noch immer offen.

»Was ist?«, fragte der Busfahrer die Jungs. »Wollt ihr mit?«

Sie machten eine wegwerfende Geste. »Nein, Mann, hau ab.«

Die Türen schlossen sich, der Bus fuhr an und Hartmut schwankte durch den Gang. Er setzte sich neben die junge Frau, die sich ängstlich in die Ecke der Sitzbank drückte. Die anderen Fahrgäste blickten mit müden Gesichtern aus den Fenstern auf die grauer werdende Stadt. Sie achteten nicht auf das ungleiche Paar.

Hartmut neigte sich zu ihr hinüber. »Nun müssen Sie sich keine Sorgen mehr machen, mein Fräulein. Die beiden sind wir los.« Er legte ein besänftigendes Timbre in seine Stimme. »Sie können getrost nach Hause fahren. Oder …« Ihm war nicht entgangen, dass das Mädchen unmerklich den Kopf geschüttelt hatte.

»Oder«, fuhr er fort, »wir trinken bei mir eine schöne Tasse Tee auf den Schreck. Was halten Sie davon?«

Das Mädchen richtete sich auf. »Ja, das würde ich sehr gern. Danke für die Einladung. Wissen Sie, ich wohn am Kainzenpark. Da möchte ich im Moment nicht hin.«

»Das kann ich verstehen.« Vor Hartmuts innerem Auge tauchte der dunkle Stadtpark auf. Daneben war ein Studentenwohnheim. Endlose Korridore mit flackernden Neonröhren. Höchstwahrscheinlich entsprang dieses Bild einem Vorurteil, aber so stellte er sich das Innenleben eines Wohnheims vor. Er hatte noch nie einen Fuß dort hineingesetzt. »Wie heißen Sie, mein Kind?«

»Nadine. Nadine Kessler.« Sie streckte ihm die Hand entgegen. »Sagen Sie doch bitte Nadine zu mir.«

Hartmut deutete einen Handkuss an. »Nadine, wie schön Sie kennenzulernen. Mein Name ist Siegfried Giselher. Für Sie Siegfried.«

»Siegfried Giselher? Wie im Nibelungenlied?« Nadine war amüsiert.

Das hatte er beabsichtigt. Er neigte seinen Kopf. »Lassen Sie mich raten: Sie sind Studentin, hab ich Recht?«

»Genau.« Stolz huschte über ihr Gesicht. »Jura. Im ersten Semester.«

»Das ist interessant. Oh, hier müssen wir aussteigen. Kommen Sie.« Hartmut erhob sich und drückte auf den Knopf, um dem Fahrer seinen Wunsch zu signalisieren.

Sie verließen als Einzige an der Gertraudstraße den Bus. Die Rücklichter des Omnibusses verschwanden hinter der Kurve. Inzwischen war es dunkel geworden. Ein leichter Wind fegte bunte Blätter über den Gehsteig und wirbelte sie in die Hecken der Gärten.

Nadine sah zurück. Außer ihnen war niemand unterwegs. Aufatmend hängte sie sich wieder bei Hartmut ein.

»Wir haben es gleich geschafft, Fräulein Nadine.« Er bemühte sich, sein Schnaufen zu unterdrücken. Aber die Steigung bis zu seinem Haus erschien ihm jedes Mal steiler. Er spürte bereits ein Stechen in der Brust. Normalerweise leistete er sich ein Taxi. Nur ab und zu verzichtete er darauf. Heute war so ein Tag.

Sie ließen die Mehrfamilienhäuser hinter sich und steuerten ein alleinstehendes Haus am Waldesrand an. Hartmut öffnete das Gartentor und ließ Nadine den Vortritt. Alte Fliederbüsche überwucherten den Weg und gaben nur einen schmalen Durchgang frei. Die junge Frau schlängelte sich vorbei.

»Schön haben Sie es, Hartmut«, sagte sie, als sie vor der alten Villa stand und zu einem schmiedeeisernen Balkon hinaufblickte, um den sich Efeu rankte. Hartmut schloss die massive Holztür auf.

»Ich wohne gerne hier«, meinte er und schaltete das Licht in der Eingangshalle an. »Treten Sie doch bitte ein, Fräulein Nadine, und fühlen Sie sich wie zu Hause.«

Nachdem er die Mäntel an der geschnitzten Garderobe aufgehängt und seine Schuhe gewechselt hatte, bat er die junge Frau ins Wohnzimmer. Eine fünfarmige Deckenlampe beschien ein Mobiliar wie aus einem englischen Altherrenklub. Dunkle Ledersessel dominierten den Raum. An den Wänden hingen Jagdszenen. Hartmut zog die schweren Vorhänge zu und wandte sich an Nadine.

»Machen Sie es sich bitte bequem, meine Liebe. Ich hole uns jetzt erst einmal etwas zu essen. Nach diesem langen Marsch können wir eine kleine Stärkung gebrauchen, nicht?« Er ging zur Tür. Mit Befriedigung bemerkte er, dass sich Nadine in einen der Sessel fallen ließ. »Ich glaube, es müsste noch Apfelkuchen da sein. Sie mögen doch Apfelkuchen?« Ohne eine Antwort abzuwarten, begab er sich in die Küche.

Er setzte Wasser auf und bereitete die Kanne vor. Der Kuchen stand in der Speisekammer. Hartmut hatte ihn erst heute Morgen gebacken. Er schnitt zwei großzügige Stücke ab und legte sie auf die Teller mit dem Fasanenmuster.

»Kann ich Ihnen helfen, Siegfried?«, rief Nadine aus dem Wohnzimmer.

Hartmut sagte nichts, sondern klapperte mit den Teetassen. Doch nach einer Weile hielt er in seinem Tun inne. Hatte nicht gerade die Tür des Wohnzimmerschrankes geknarrt? Er lauschte. Kaum hörbar vernahm er ein Tappen und Schleifen. Wenn er sich nicht täuschte, so huschte Nadine im Zimmer umher und öffnete Schubladen. Ein neugieriges Lieschen, dachte er sich. Behutsam nahm er das Tablett auf. Seine Lederpantoffeln verursachten kein Geräusch und er schlich lautlos durch den Gang. An der Wohnzimmerschwelle verharrte er. Nadine hatte sich über die Nippes auf dem Beistelltisch gebeugt und streichelte über die Schäferin aus Meißner Porzellan.

Sollte es die Kleine am Ende auf seine Preziosen abgesehen haben? Hartmut runzelte die Stirn. Dann nahm er sich zusammen und setzte ein freundliches Gesicht auf. Sacht stieß er an das Tablett, damit das Geschirr klirrte. Nadine fuhr herum.

»Wie wäre es mit einem Stück Apfelkuchen, meine Liebe?«, wiederholte er seine Frage von vorhin. »Den Tee habe ich auch gleich mitgebracht.« Er trug das Tablett zum Couchtisch und stellte es ab.

»Sie haben ein wunderschönes Haus, Siegfried, wirklich wunderschön.« Nadine strich über den Goldrahmen eines Gemäldes und kam zu ihrem Sessel zurück. Ihre Augen blitzten. »Leben Sie hier allein?«, fragte sie und machte eine unbestimmte Gebärde durch den Raum.

Hartmut rückte die silbernen Kuchengabeln auf den Servietten zurecht. »Ja, ich lebe allein.« Er richtete sich auf, stützte den Rücken und stöhnte verhalten. »Manchmal spiele ich mit dem Gedanken, ein oder zwei Zimmer zu vermieten. Denn es kann hier oben einsam sein. Vor allem jetzt, wenn der Winter kommt und ich nicht so leicht vor die Tür kann. Aber wer sollte schon mit mir zusammenwohnen wollen?«

Nadine rückte auf ihrem Sessel ganz nach vorne. »Na, jeder Student würde sich darum reißen«, sagte sie lebhaft. »Ich auch.« Sie lachte. »Ich würde liebend gern dem Wohnheim entkommen und hier wohnen. Wirklich.«

»Tatsächlich?« Hartmut sah auf das Mädchen hinab. »Dann sollten Sie vielleicht Probewohnen, was meinen Sie?«

Nadine strahlte. »Ja, sofort. Furchtbar gerne!«

»Darüber reden wir gleich. Aber jetzt trinken wir erst einmal Tee.« Er tauchte den Löffel in die Zuckerdose und ließ ihn gut gehäuft über Nadines Tasse schweben. »Nehmen Sie einen oder zwei?«, fragte er. Gleichzeitig rieselten die Kristalle in das Getränk.

»Eigentlich gar keinen«, meinte Nadine. Als sie Hartmuts betroffenes Gesicht sah, winkte sie ab. »Aber das macht nichts. Wirklich nicht.«

Hartmut nickte ihr zu. »Gutes Kind«, murmelte er.

***

Die Türglocke schallte durch das Haus. Hartmut ordnete seine Kleidung und strich sich die verschwitzten Haarsträhnen aus der Stirn, als er in den Eingangsbereich schritt. Gewohnheitsmäßig blickte er durch das schmale Fenster in der Haustür. Im sonnigen Licht des Morgens sah er zwei Gestalten. Die beiden Burschen aus dem Park. Bedächtig öffnete Hartmut die Tür.

»Hey, Alter«, sagte der mit dem Ziegenbärtchen und blinzelte. »Alles aufrecht?« Sein Kollege drehte die Kappe in den Händen.

»Ihr seid zu früh.« Hartmut zog seine Weste zurecht. »Kommt in zwei Stunden wieder. Dann könnt ihr sie haben.« Mit einem leichten Zucken der Mundwinkel fügte er hinzu: »Dann ist Schluss mit Probewohnen.«

Die beiden nickten. »Okay, Chef.« Sie schickten sich an zu gehen.

»Wartet.« Hartmut nahm zweihundert Euro aus seiner Westentasche. »Bringt mir später Nachschub von dem Zeug. Für die nächste Kandidatin.«

Der Bärtige steckte das Geld ein. »Geht klar, Chef.«

Ohne ein weiteres Wort schloss Hartmut die Tür. Nun würde er ihr wieder von dem guten Tee einflößen. Sie sollte ja nicht aufwachen. Wach wäre sie zu stark für ihn - und er wollte sich noch ein wenig an ihr vergnügen. An dem Fräulein Nadine.

Probewohnen widmete ich im Original meiner Universitätsstadt Erlangen im Rahmen der Anthologie *Fränkische Schauerbraten* aus dem Wellhöfer Verlag unter der Herausgeberin Ursula Schmid-Spreer. Jetzt spielt die Geschichte in Passau.

Für Neffen

und andere Anverwandte

Versoffene Jungfer

Er schlief. Das fahle Licht des Novembernachmittags fiel auf sein Gesicht und verstärkte die dunklen Augenringe. Von einer Infusionsflasche führte ein Schlauch zu seinem Handgelenk.

Behutsam rückte eine Frau den Besucherstuhl an das Bett und ließ sich nieder.

Ein Mann ging weiter zum Fenster, lehnte sich ans Fensterbrett und verschränkte die Arme. »Manu, fang an«, knurrte er, »ich hab's eilig.«

Die Frau beugte sich nach vorn und berührte mit den Fingerspitzen die Hand des Schlafenden. »Herr Böhme, hören Sie mich?«

Langsam kam Leben in den jungen Mann. Er schluckte und zog dabei die Mundwinkel nach unten. Blinzelnd öffnete er die Augen. Sein Blick wanderte zu der Frau und nahm einen erstaunten Ausdruck an.

»Herr Böhme«, sie lächelte. »Ich bin Kommissarin Manuela Schuster, Kriminalpolizei, und das ist mein Kollege Hauptkommissar Pohl.« Sie ließ dem Patienten ein paar Sekunden Zeit, das Gesagte zu verarbeiten. »Ich muss Ihnen leider mitteilen, dass Ihre Tante, Frau Dorothea Meyer, tot in ihrer Wohnung in der Grabengasse aufgefunden wurde. Mein Beileid.«

Seine langen schmalen Finger, die auf der Bettdecke gelegen hatten, verkrampften sich. »Das habe ich befürchtet«, sagte Tobias leise und schloss erneut die Augen. Eine Träne kroch aus seinem Augenwinkel.

Die Kommissarin gewährte ihm einen Moment der stillen Trauer. Sie holte ihren Notizblock hervor und warf einen Blick auf die erste Seite. »Herr Böhme, Sie haben bei der Polizei angerufen und verdächtigen Lärm aus der Wohnung Ihrer Tante gemeldet.«

»Ja, ganz recht.« Er fuhr sich über sein Gesicht. Dann drückte er auf einen Bedienungsknopf des Bettes und wurde automatisch in eine aufrechte Position gebracht. »Dore wohnt genau unter mir. In der Belletage.« Seine Stimme versagte. Er holte mühsam Luft, räusperte sich, hustete hinter vorgehaltener Hand. Dann setzte er nochmals an. »Wohnte, ja, wohnte muss ich jetzt wohl sagen.« Er starrte auf die weiße Wand des Krankenhauszimmers, schüttelte sich, wie um sich selbst aus einem Traum zu erwecken. »Es war vielleicht halb eins, mir ging es nicht gut, ich habe Diabetes? Ich hatte mich hingelegt, da hörte ich plötzlich Gepolter. Zuerst war mir nicht bewusst, woher der Lärm kam, ich war schon etwas benommen. Aber dann, der spitze Schrei, da war mir klar, dass es nur meine Tante sein konnte.«

Seine Finger zerknüllten die Bettdecke.

»Ich griff nach meinem Telefon und rief die Polizei. Anschließend stand ich auf und eilte zur Tür, aber mir wurde so schwindlig, dass ich mich dort auf der Stelle hinlegen musste. Es war entsetzlich!«, rief er. »Da lag ich und konnte ihr nicht helfen! Musste mitanhören, wie unten noch eine Weile geraschelt wurde, dann die Wohnungstür ins Schloss fiel und jemand die Holztreppe hinunterlief. Ich war so außer mir, dass ich ohnmächtig wurde.« Mit einem Seufzer sackte Tobias zusammen. Die Erinnerung schien ihn jeder Energie beraubt zu haben.

»Bei der Notrufleitstelle ist vermerkt, dass Sie um genau 12.33 Uhr die verdächtigen Geräusche gemeldet haben.«

Tobias nickte.

»Knapp eine Viertelstunde früher, um 12.20 Uhr, hatten Sie für sich um einen Notarzt gebeten.«

Der junge Mann richtete sich auf und blickte der Kommissarin direkt in die Augen. »Ja. Ich bin Diabetiker. Typ 1. Eigentlich bin ich exakt eingestellt. Trotzdem entgleist manchmal mein Zucker. Dann werde ich benommen und im Extremfall verliere ich das Bewusstsein.« Tobias ließ den Kopf auf das Kissen zurückfallen. »Und es passiert immer zur unrechten Zeit. So wie heute. Wenn ich doch nur fit gewesen wäre! Dann hätte ich Tantchen zu Hilfe kommen können. Hätte den Einbrecher verjagt. Aber so!« Mit einem gequälten Ausdruck hielt er inne.

»Manchmal türmen sich ungünstige Umstände zu einem Unglück auf und es liegt nicht in unserer Macht, daran etwas zu ändern.« Die Sätze hatte Manuela Schuster einmal in einem Buch gelesen und verwendete sie seither gerne für diese Situationen. Für sie waren diese Worte der Inbegriff von Trost.

Hauptkommissar Pohl verschränkte die Arme vor der Brust. »Hatte Ihre Tante noch andere Verwandte?«

»Nein, wir hatten nur noch uns. Meine Eltern starben, als ich vierzehn war, seither, also seit zehn Jahren, lebe ich bei Dore. Erst bei ihr in der Wohnung, später bin ich in das Stockwerk über ihr gezogen.«

»Das Mietshaus in der Grabengasse gehörte Ihrer Tante?«

»Ja. Und noch einige andere in Passau dazu. Sie war eine reiche Frau, Herr Kommissar.«

»Sind Sie der Erbe?«

»Ich nehme es an.« Tobias stützte sich mit den Händen ab und setzte sich gerade hin. »Ich habe sie nicht umgebracht. Ich hatte keinen Grund dazu. Sie war wie eine Mutter für mich. Sie hat mich gehegt und gepflegt und bekocht.« Seine Wangen röteten sich. »Am liebsten machte sie Mehlspeisen. Mit viel Eier und Zucker. Jeden Montag gab es versoffene Jungfern. Das war ihre Leibspeise.« Tobias' Stimme bekam einen rauen Unterton. »Sie meinte immer, sie sei selbst eine versoffene Jungfer, einsam und allein, versoffen im See der Traurigkeit. Aber als ich in ihr Leben getreten bin, tauchte sie wieder auf.« Er wischte sich erneut über die Augen. »Ich habe sie geliebt, Herr Kommissar. Sie müssen mir glauben! Und ich wäre gar nicht in der Lage gewesen, sie ...« Er verstummte und verbarg das Gesicht in den Händen. Leise Schluchzer ließen seine schmalen Schultern erzittern.

Kommissarin Schuster griff ein. »Es ist nur eine Routinebefragung, Herr Böhme, machen Sie sich keine Gedanken.«

Die Tür öffnete sich und eine Krankenschwester kam mit einer neuen Infusionsflasche herein. Resolut drückte sie sich an den Polizeibeamten vorbei und begann, die

Flaschen auszuwechseln. »Sie müssen jetzt gehen. Der Patient braucht Ruhe.«

Die klassischen Worte.

Die Kommissare verabschiedeten sich. Tobias lehnte sich zurück und überließ sich den routinierten Händen der Schwester. Versoffene Jungfern - wie er die gehasst hatte! Dieses süße Giftzeug! Aber von nun an musste er sich nie mehr damit abmühen. Nein, die war er los. Ein zufriedenes Lächeln erschien auf seinem Antlitz. Er hatte seine Sache gut gemacht. Die Glukoselösung tröpfelte in seine Adern und neutralisierte das Übermaß an Insulin. Schließlich hatte er sich die dreifache Menge gespritzt. Auf nüchternen Magen. Es war ein wenig riskant gewesen, das musste er zugeben. Aber es stand ja auch viel auf dem Spiel. Und mit Risiko im Spiel kannte er sich aus. Nicht wahr? Regelmäßige Spielbankbesuche waren nichts für schwache Nerven. Ja, er hatte etwas übertrieben in letzter Zeit. Sein Konto war bis zum Limit überzogen. Er hatte sogar begonnen, heimlich den Schmuck von Dore zu versetzen. Aber damit war jetzt Schluss. Er hatte sich mit einem Schlag, in der Tat mit einem einzigen Schlag, vom Gängelband seiner Tante befreit und den Weg zu schier unerschöpflichem Reichtum geebnet. Er würde ein Mietshaus verkaufen, seine Schulden bezahlen und reisen.

Nein, er hatte kein schlechtes Gewissen. Warum auch? Geschah der alten Schabracke ganz recht. Wieso musste sie sich dauernd in seine Angelegenheiten mischen? Tobias, such dir eine Arbeit! Tobias, wo gehst du hin? Schon wieder ins Casino? Ich werde dich sperren lassen. Tobias, die Bank hat mich angerufen. Tobias, wo ist die Schatulle mit dem Schmuck? Es war nicht mehr auszuhalten gewesen!

Aber dann hatte er diesen wunderbaren Plan. Weshalb nicht seine vermaledeite Krankheit zu seinem Vorteil nutzen? Er war in seinem Leben schon oft genug in den Unterzucker gekommen. Meistens bemerkte er es rechtzeitig und konnte mit Apfelsaft oder Traubenzucker dagegen steuern. In wenigen Ausnahmefällen jedoch gelang dies nicht. Bei dem Brechdurchfall vor einigen Wochen zum Beispiel. Der war kurz nach seiner Insulingabe aufgetreten und es war Tobias unmöglich gewesen, irgendetwas bei sich zu behalten. Seine schmale Statur konnte nichts kompensieren, schnell wurde ihm schummrig. Er war gerade noch fähig, den Notarzt zu rufen und die Wohnungstür zu öffnen. Dann brach er zusammen.

Das war ein schockierendes Erlebnis. Aber – wie sagte Tante Dore immer so schön - in allem steckte auch etwas Gutes. Und so zog er aus dem Schock die Inspiration.

***

Am zweiten November war es so weit gewesen. Allerseelen. Herbstferien. Niemand im Haus. Oder besser gesagt, fast niemand. Nur die alte Frau Erle aus dem Souterrain, deren Mann früher beim Bundeskriminalamt gearbeitet hatte. Ein arroganter Kerl mit stechendem Blick. Tobias konnte sich noch gut an ihn erinnern – und ihn nicht leiden. Aber er lebte schon lange nicht mehr. Und seine Frau war harmlos. Fast taub und zudem legte sie sich in der Mittagszeit für ein Schläfchen aufs Sofa. Sie würde nichts merken.

So blieb nur noch die Becker aus dem dritten Stock. Mobbelpobbel, wie er sie bei sich nannte. Die hatte bestimmt noch nie einen Kerl abgekriegt und Tobias scheute sie wie der Teufel das Weihwasser. Sie war dicklich und schwitzte leicht. Bedauerlicherweise himmelte sie ihn an. Lud ihn zum Kaffeetrinken ein. Erzählte ihm bei jeder Gelegenheit, was sie dachte und machte. Ätzend. Aber um die musste er sich auch nicht kümmern. Sie hatte ihm oft genug berichtet, dass sie jeden Mittag in eins der vielen Cafés und Restaurants in der Altstadt ging. Manchmal fuhr sie danach auch mit dem Taxi nach Schärding hinüber. Sie wollte immer, dass er sie begleitete. Ha! Nie im Leben.

Hinter dem Vorhang versteckt hatte er Mobbelpobbels Weggang beobachtet. Es konnte losgehen! Er spritzte sich eine Megaladung Insulin, zog die Handschuhe an und nahm einen Schraubenzieher. Eilig schlich er hinunter zu seiner Tante und hebelte deren Tür auf. Das Knirschen des Holzes alarmierte sie. Dore lief mit einem Ei in der Hand aus der Küche in den Gang. Sie machte ihre versoffenen Jungfern, es war Montag.

Dore sah ihn überrascht an und öffnete den Mund. Aber bevor sie etwas sagen konnte, griff Tobias den schweren Kerzenständer von der Kommode und holte aus. Das Ding sauste auf ihren Kopf. Sie schrie und fiel wie ein Mehlsack um. Aus der klaffenden Wunde an der Schläfe blubberte Blut. Tobias kniete sich nieder und fühlte ihren Puls. Sehr schwach. Gut. Geschwind stand er wieder auf, lief ins Wohnzimmer, riss einige Schranktüren auf und wühlte ihre Sachen durch. Es sollte schließlich nach Raub aussehen. Später würde er die Schmuckschatulle als fehlend angeben. Sehr praktisch. Sein Blick fiel auf die Nachbildung der weltgrößten Kuckucksuhr, die über ihm an der Wand hing. Ein hässliches Ding mit einem röhrenden Hirschen, einem toten Hasen und einem erlegten Fasan. Igitt! Das hatte er noch nie leiden können. Mit Genugtuung schmiss er die Uhr auf den Boden und trat dem Hirschen den Kopf ab. Zurück im Flur steckte er das Bargeld aus Dores Handtasche ein. Ein kurzer Blick auf die Tante. Sie regte sich nicht. Einen Pulsschlag konnte er jetzt nicht mehr spüren. Erledigt.

Oben in seiner Wohnung holte er ein paar Mal tief Luft. Ihm war schwindlig. So ein Mord ging doch nicht spurlos an einem vorüber. Noch dazu mit der Überdosis Insulin. Brechreiz stieg seine Kehle empor. Er rannte ins Bad und würgte lautstark, aber wirkungslos. Schließlich hatte er nichts im Magen. Nachdem er sich etwas beruhigt hatte, rief er den Notarzt. Für sich.

In spätestens fünfzehn Minuten sollte der Rettungswagen hier sein. Also mühte er sich Kniebeugen ab und hyperventilierte. Dann rief er die Polizei. Noch ein paar Drehungen. Er fühlte sein Bewusstsein bereits schwinden. Mit letzter Kraft öffnete er die Tür für die Sanitäter und legte sich dahinter zurecht. Just in time ereilte ihn die Ohnmacht.

***

Am nächsten Tag war er wieder aus dem Klinikum zurück. Er überdachte gerade seine Aussage, als es an der Tür klingelte. Tobias sah durch den Spion. Oh nein, die Becker! Die hatte ihm gerade noch gefehlt. Schon drückte sie erneut auf den Klingelknopf. Die ließ sich nicht abwimmeln, das wusste er aus Erfahrung. Was wollte die Schlampe von ihm? Ärgerlich öffnete er.

»Hallo, Tobias. Mein Beileid.« Verena Becker strich sich mit dicken Fingern die Ponyfransen zur Seite. Fettpolster quetschten sich über den zu engen Rock und bildeten eine geeignete Ablage für ihren üppigen Busen. Etwas wackelig stand sie auf ihren zu hohen Absätzen vor ihm und verbarg nicht sehr geschickt eine Plastiktüte hinter dem Rücken.

»Ich hoffe, Frau Dore musste nicht leiden. Erschlagen ist sie worden, nicht? Um zwölf Uhr mittags. Aber das kann in der Stadt ja immer passieren. Die ganzen Junkies, die Geld brauchen. Oder ... «, hier machte sie eine kleine Pause und zwinkerte ihm zu, »die Spieler.« Sie kicherte. Mit vorgestrecktem Kopf trat sie einen Schritt näher. Tobias wich zurück, er konnte ihren alkohol-geschwängerten Atem riechen.

»Weißt«, fuhr sie fort, »ich hab gestern meinen Geldbeutel vergessen und bin noch mal heim. Ich lass so ungern anschreiben. Wie ich dann an Dores Wohnungstür vorbeikomm, da hab ich so seltsame Geräusche gehört. Ganz seltsame. Ich bin ja nicht neugierig, aber man weiß ja nie, ob nicht einer einbricht. Da hab ich durch den Türspalt geguckt. Weißt? Und da hab ich dich gesehen, DU hast mich nicht gesehen, du warst beschäftigt. Sehr beschäftigt, nicht?« Kokett strich sie ihm über die bleiche Wange. Dann schlängelte sie sich an ihm vorbei und steuerte zielstrebig auf sein Wohnzimmer zu.

»Komm. Ich hab was zum Feiern dabei und die da.« Sie zog einige bunte Kataloge nebst einer Flasche Sekt und zwei Gläsern aus ihrer Tasche. »Erst trinken wir einen und dann fahren wir weg, Spatzl, wir zwei beide ganz allein.«

Aus der Anthologie *Grüne Soße mit Schuss* vom Wellhöfer Verlag, Herausgeberinnen A. Hassel/U. Schmid-Spreer stammt die Ursprungsgeschichte von *Versoffene Jungfer*.

Für Angler

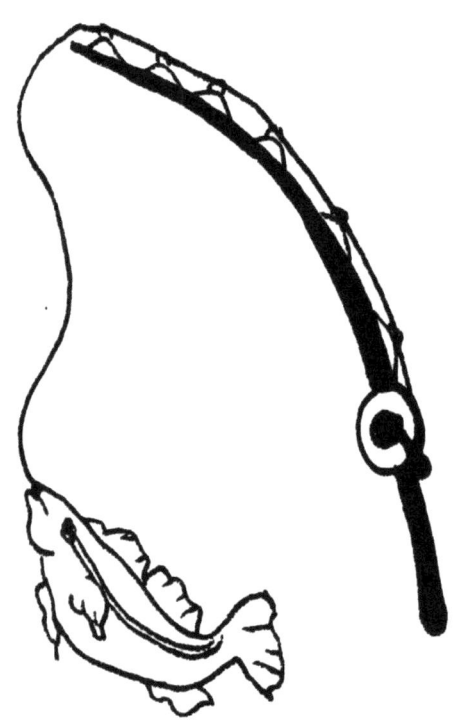

Ein wasserdichtes Alibi

Stefan durchsuchte mit fahrigen Bewegungen die Taschen seiner Regenjacke. *Wo ist das verdammte Handy? Ich hab doch damit die Polizei angerufen. Warum find ich es jetzt nicht?*

Der Regen rann ihm unablässig über das Gesicht und kroch in seinen Kragen. Stefan zitterte - schon eine ganze Weile - seine Muskeln begannen zu schmerzen. Er stand auf und klopfte sich hastig auf seine Kehrseite. Vielleicht hatte er es in eine der hinteren Hosentaschen geschoben? Als seine klammen Finger auf Plastik klatschten, wurde ihm klar, welchen Unsinn er gerade machte. Das Handy konnte nicht in den Taschen seiner Jeans sein. Er hatte ja noch seine Anglerhose an und die reichte ihm knapp bis unter die Achseln.

Langsam setzte er sich wieder auf den kalten Felsen und war im Begriff, seine Suche von neuem zu beginnen, als ein Platschen seine Aufmerksamkeit auf das Flussufer lenkte. Zwei Froschmänner stiegen aus dem Wasser. Die Neoprenanzüge und schwarzen Flossen ließen ihre Bewegungen abgehackt erscheinen. Mit Mühe schleppten sie etwas die glitschige Böschung hinauf. Polizisten sprangen hinzu, fassten mit an. Gemeinsam zogen sie einen leblosen Körper empor und legten ihn auf das spärliche Gras. Ein Mann mit einem Arztkoffer drängte sich zwischen ihnen hindurch, kniete sich nieder und untersuchte den Verunglückten.

Stefan beobachtete ihn. Geistesabwesend griff er in seine rechte Innentasche, zog sein Handy heraus und drückte auf die Kurzwahltaste eins. Es klingelte. Der Arzt schüttelte den Kopf und erhob sich. Er besprach sich mit einem der Polizisten. Dieser nickte, blickte sich zu Stefan um und ging auf ihn zu. Stefan kappte die Verbindung und steckte das Handy wieder in die Tasche. Nun musste er stark sein.

***

Vor wenigen Stunden hatte Richard seinen kleinen braunen Koffer für den Angelausflug gepackt. Der Erste Mai fiel heuer auf einen Freitag. So hatten sie drei Tage Zeit. Er und Stefan. Sie hatten schon lange nicht mehr zusammen geangelt. Als Landtierarzt war es für Richard nicht leicht, seine Praxis für ein paar Urlaubstage zu schließen. Es gehörte zu seinem Geschäft, immer erreichbar zu sein. Außerdem wurden seine Gläubiger unruhig. Er musste so viel Kohle wie möglich ranschaffen.

Dieses Wochenende hatte er sich trotzdem freigenommen. Das Wetter war zwar beschissen, aber bei Regen sollten die Fische ja angeblich besser beißen. Allerdings kam es ihm diesmal nicht auf einen anständigen Fang an. Sein kleiner Ausflug hatte einen anderen Zweck. Er wollte nicht hier sein, wenn seine Frau starb.

Also hatte er den Anrufbeantworter besprochen und die Praxis zugesperrt. Nun stand er vor dem Schrank und suchte sein dickgewebtes Leinenhemd, das er immer zum Fischen anzog. Er konnte es nicht finden. »Barbara! Mein Anglerhemd?«, schrie er. Seine laute Stimme schallte durch das Treppenhaus mit den Marmorstufen und durchzog alle Räume. So erreichte sie seine Frau im Wohnzimmer, die ihre Illustrierte auf den Couchtisch warf und aufstand. Nie fand er etwas. Immer schrie er gleich nach ihr. Sie konnte auch nicht mehr als suchen. Wie gut, dass er bald weg sein würde.

»Da ist es doch! « Barbara zog das Gesuchte zwischen zwei karierten Freizeithemden hervor und hielt es ihm hin.

„»Okay. Leg's zusammen. Bittschön«, schob er noch hinterher. Ohne weiter auf sie zu achten, riss er eine Schublade auf, um seine Socken zu suchen. Er war es gewohnt, dass sie tat, was er sagte.

Barbara stierte ein imaginäres Loch in seinen breiten Rücken und ermahnte sich durchzuhalten. Nur noch zehn Minuten. Dann würde Stefan kommen und Richard abholen.

Sie folgte ihm langsam die Treppe nach unten. Er stellte den kleinen Koffer in die Diele und schaute sich um.

»Wo hast meine Wathose hin?«

»Hier in die Tüte.«

»Mit Gürtel?«

»Freilich.«

»Und die Profile?«

»Eh.«

Es klingelte an der Tür. Stefan war pünktlich. Nach der robusten Männerbegrüßung sah er zu Barbara hinüber. „Servus«, sagte er. Sie lächelte und nickte ihm zu.

»Sammas?« Richard übergab seinem Kumpel einen Teil der Ausrüstung und stand nun mit Koffer und Tüte vor seiner Ehefrau. Sie hob den Kopf, um ihm ins Gesicht zu blicken. Beide musterten sich wortlos. Sie schienen zu überlegen, wie sie sich voneinander verabschieden sollten. Um den Schein zu wahren. Vor Stefan. Und vor sich selbst.

Richard beugte sich steif nach vorne und küsste Barbara auf die Stirn. »Lebwohl.«

Verwundert über diese ungewohnte Geste plapperte sie ihm einfach nach: »Lebwohl.«

***

Nach einer dreiviertel Stunde Fahrt hatten sie die Mühle erreicht, in der sie übernachten wollten. Hier gab es ein gemütliches Bett und eine Gastwirtschaft. Vor der Tür floss die Ilz vorbei. Ein idyllisch anmutendes Wildwasser, das im Grenzgebiet zwischen Rachel und Lusen entspringt und sich seinen Weg durch die urwüchsige Landschaft des Bayerischen Waldes bahnt. In Passau fließt sie mit Donau und Inn zusammen. Ein g´scheites Fischwasser und sozusagen vor der Haustür.

Den Vorschlag, hierher zu kommen, hatte Stefan gehabt. Er kannte das Gebiet.

Bevor sie aufbrachen, trafen sie sich in der Gaststube auf ein letztes Bier. Bereits in voller Montur. Die Wirtsleute waren es gewohnt, dass die Angler in ihren Wathosen hier saßen. Unförmige Dinger, an die unten die Gummistiefel nahtlos angebracht waren. Die Männer sahen damit zwar wie überdimensionierte Buben in ihren Matschhosen aus, aber fürs Fliegenfischen war die Ausrüstung einfach notwendig. Schließlich musste man durchs Wasser waten und das konnte manchmal schon ziemlich tief sein.

Richard und Stefan stießen mit ihren Bierkrügen an. Die beiden waren ein ungleiches Paar. Richard war ein Berg von einem Mann. Mit großen Händen und Füssen. Als Tierarzt musste er anpacken können. Kälber im Mutterleib drehen oder bissigen Hunden das Maul zuhalten. Für Richard kein Problem. Mit den kurzen braunen Haaren und dunkelbraunen Augen war er auf seine Art durchaus attraktiv. Er kam bei den Frauen gut an. Und das wollte er in naher Zukunft wieder ausgiebig erproben.

Stefan dagegen war eher schmächtig, mit schmalen, sensiblen Fingern und einem leicht fliehenden Kinn. Mehr Philosoph als Macher. Früher in der Schule hatte er daher bei den anderen Jungen einen schweren Stand gehabt. Auch bei Richard. Erst nach vielen Jahren kamen sie zusammen. Zufällig saßen sie bei der Fischerprüfung nebeneinander. Alte Schulkameraden, erwachsen geworden. Da war es naheliegend, öfter gemeinsam angeln zu gehen. Daraus entstand so eine Art Freundschaft. Man traf sich zu Grillfesten oder anderen Gelegenheiten. Stefan war alleinstehend und für jede Einladung dankbar.

»Was macht eigentlich die Barbara am Wochenende?« Stefan blinzelte unsicher.

»Die geht erst mal in die Badewanne. Wie immer, wenn ich nicht daheim bin. Sie sagt, ich störe dabei. Die harmonischen Schwingungen.« Richard zog seine Mundwinkel verächtlich nach unten. »Und morgen fährt sie zu ihren Eltern.« Eigentlich machte ihn ihre Vorhersehbarkeit in allen Lebenslagen, zumal im Bett, rasend. Aber es hatte auch sein Gutes. So hatte er planen können.

Sie leerten ihre Krüge und standen auf.

Stefan zog den Gürtel um die Anglerhose fester. Mit schrägem Blick schaute er auf Richards Leibesmitte.

»Hast keinen Gürtel dabei?«

Richard atmete schwer aus. »Nein. Mein Eheweib hat ihn eingepackt. Angeblich. Aber Pfiffkas. Alles muss man selber machen. Das andere Profil für die Stiefel hat sie auch nicht reingetan.« Er wischte den aufkommenden Ärger mit einer Handbewegung fort. »Passt scho.«

Stefan nickte.

***

Barbara hatte ihre Vorbereitungen beendet. Die Kerzen waren um den Badewannenrand positioniert und flackerten im leichten Lufthauch. Von der neuesten Esoterik-CD hallten sphärische Klänge durch das geräumige Badezimmer. Die Sektflöte stand bereit und der Kühler mit der Flasche wartete daneben. Das warme Wasser floss kraftvoll in die Wanne und verbreitete den angenehm entspannenden Duft ihres Lavendelbadeöls.

Sie schloss die Tür und entledigte sich ihrer Kleidung. Wasserdampf lag auf der Oberfläche des großen Badezimmerspiegels. So warf er ihr Abbild schmeichelhaft weich zurück. Wie eine David-Hamilton-Fotografie. Barbara strich über ihre Brüste und lächelte sich an. *Du schaust immer noch gut aus. Du wirst schon sehen, jetzt beginnt der schöne Teil deines Lebens. Ohne Streitereien.*

Er wollte sich einfach nicht scheiden lassen. Klar, ihr gehörte das Vermögen und er hatte sich an das

Luxusleben gewöhnt. Aber sie wollte nicht länger warten. Es wurde höchste Zeit, dass sie wieder frei war.

Mit der Hand drückte sie den Hebel herunter und der Wasserstrahl stoppte. Vorsichtig stieg sie in die wohligen Wellen und legte sich zurecht. Sie schloss die Augen und merkte, wie die Entspannung sie umfing.

***

In den letzten Tagen hatte es ausgiebig geregnet. Jetzt machte der Regen zwar gerade eine Pause. Doch die dunklen Wolken, die baldige weitere Niederschläge ankündigten, hatten die Männer davon überzeugt, Regenjacken anzuziehen. So ausgerüstet stapften sie Richtung Fluss, der mehr Wasser führte als sonst.

Sie kletterten die felsige Böschung hinunter. Stefan hatte das bessere Profil an seinen Stiefeln. Der Filz gab ihm auf den schmierigen Steinen guten Halt. Richard neben ihm rutschte aus und fluchte. Aber dann war es geschafft. Sie standen im Fluss und das Vergnügen konnte beginnen.

Schwirrend ließen sie ihre Fangleinen weit übers Wasser segeln. Das bedurfte einiger Übung, die beiden waren jedoch Könner.

Anfangs kreisten die Gedanken von Richard immer wieder um das *Unternehmen Barbara,* wie er es bei sich nannte. Ob es wohl klappte? Nahm sie auch wirklich ein Bad? Verwendete sie ihr Badeöl? Das hatte er so schön präpariert. Er hatte den kleinen Rest im Glasflakon gegen sein Rinderbetäubungsmittel ausgetauscht. Mit einem guten Schuss ätherischen Lavendelöls für den gewohnten

Duft. Das Mittel hatte ihn noch nie im Stich gelassen. Und diesmal sollte es ihm einen besonderen Dienst erweisen. Die vom warmen Wasser aufgeweichte Haut würde es aufnehmen, die Wirkstoffe weiterleiten und Barbara würde müde werden. So müde, dass sie einschlief. Tief und fest. Schlafend in das Badewasser hineinglitt. Untertauchte. Einatmete. In ihrem sedierten Zustand den Mund immer weiter öffnete anstatt aufzutauchen. Und ertrank. Ein Unfall. Und niemand da, der ihr helfen konnte. Oh, wie bedauerlich.

Das Mittel zersetzte sich, war nicht mehr nachzuweisen. Er hatte recherchiert. Frühestens morgen rechnete er mit dem Anruf der Polizei. Wenn Barbara bei ihren Eltern nicht ankam und diese sich beunruhigten. Erst ihn zu erreichen suchten. Er hatte allerdings sein Handy wohlweißlich auf seinem Nachttisch liegen lassen. Vergessen. Ha. Seine Schwiegereltern würden besorgt zu ihnen nach Hause fahren und mit dem Ersatzschlüssel aufsperren. Hineingehen. Rufen. Aber keiner würde antworten im stillen Haus. Im Badezimmer würden die Alten sie endlich finden. Schon seit langem tot. Sachte im Wasser treibend. Ganz harmonisch.

Richard malte sich aus, wie er den bestürzten Ehemann markieren würde. Was er sagen würde. Wie sie ihn alle bedauern würden. So ein Unfall war grauenhaft, aber manchmal passierte es einfach. Und dann, nach einiger Zeit würde er seine Zelte hier abbrechen. Nach Argentinien gehen. Wo er schon immer leben wollte. Er schon, sie nicht. Und dort würde er ganz neu anfangen. Mit ihrem Geld. Dies ging ihm wieder und wieder durch den Sinn. Aber bald gelang es ihm abzuschalten. Seinen Kopf frei zu bekommen. Der frische Wind tat sein Übriges. Das Anstemmen gegen die mächtige Strömung. Das Wasser umfloss bereits seine Hüften. Fischen konnte so kontemplativ sein. Angel auswerfen. Warten. Einholen. Fliegen wechseln. Weiter flussabwärts stapfen. Auf untergrundige Felsen achten. Neu ansetzen. Das Sirren der Schnur in der Luft. Vögel, die vorbeiflogen.

Er schaute sich nach seinem Kumpel um. Dieser war zurückgeblieben. Seine Angelschnur hatte sich in einer Weide verfangen. Jetzt kämpfte er, sie frei zu bekommen. Klar, dass das Stefan passieren musste.

»Soll ich dir helfen? «, brüllte Richard gegen den Wind und den Lärm der Strömung an.

Stefan winkte ab. Er sollte nur weitergehen.

Richard zuckte mit den Schultern und drückte sich gegen den Strom. Der Fluss machte eine leichte Biegung. Dort vorne sah er noch wilder aus als hier. Vielleicht standen da die Forellen!

Energisch watete er in den lebhaften Wirbeln der Stromschnellen voran. Das war nach seinem Geschmack! Ein Mann - Aug in Aug mit der ungebändigten Natur. Die Gischt spritzte hoch. Er rieb sich die Tropfen aus dem Gesicht und lachte.

Ein weiterer Schritt. Er trat ins Leere. Ein Gumpen. Eine plötzliche Vertiefung im Flussbett.

Der eine Fuß suchend im Strudel, der andere noch auf festem Grund. Aber der Stein war glitschig. Voller Algen. Sein Stiefel rutschte ab, er hatte das falsche Profil. Richard verlor den Halt. Er ruderte mit den Armen und versuchte, den Fall abzufangen. Chancenlos. Die lange Angel zappelte durch die Luft. Das Wasser riss mit energischen Wellenfingern an ihn. Machtvoll zog die Strömung ihn in die unerwartete Tiefe.

Aber er war ein Kämpfer. Er wusste, er musste aus den Klamotten raus, ehe die verdammte Anglerhose voll Wasser lief und ihn wie ein mafiöser Betonklotz unweigerlich zu Boden drückte. Er wollte um alles in der Welt nicht ertrinken.

Mit dem Kopf eher unter der sprudelnden Wasseroberfläche als darüber zerrte er an seiner Regenjacke. Paradoxerweise wurde ihm das, was ihn vor dem nassen Element schützen sollte, zum Verhängnis. Richard war stark. Seine Muskeln trainiert. Er hatte eine fantastische Kondition und einen ungeheuren Überlebenswillen. Aber manchmal ist selbst das alles nicht genug.

Es kam ihm nicht in den Sinn, um Hilfe zu rufen. Er war zu sehr damit beschäftigt, das eisige Wasser auszuhusten, das ihm ohne Unterlass in den Mund schwappte. Etwas Luft zu bekommen. Und seine Arme zu verbiegen, um sie aus den Jackenärmeln zu befreien. Verzweifelt strampelte er mit den Füssen, im vergeblichen Bemühen nicht ganz zu versinken. Die Wassermassen strömten in seine Wathose und blähten sie auf. Unbarmherzige Kälte lähmte seine Muskeln und seinen Verstand.

Da. Endlich. Die Jacke trudelte davon. Unter Wasser sah er ihr nach, wie sie in der Strömung tanzte. Nun hatte er die Hände wieder frei. Doch sein desorientierter Geist kam nicht auf die einfache Lösung, die Klickverschlüsse an den Hosenträgern zu öffnen. Sich auch aus der Hose zu befreien. Stattdessen vollführte er mit letzter Kraft Schwimmbewegungen. Er wollte raus aus dieser sprudelnden Hölle. Auftauchen und atmen. Seine Lungen taten ihm höllisch weh, seinen übrigen Körper spürte er nicht mehr.

Aber er kam gegen das Gewicht nicht an. Die Hose war sekundenschnell vollgelaufen und bleischwer. Ein Gürtel hätte ihm geholfen. Er hatte allerdings keinen. Die doppelt verschweißten Nähte widerstanden dem Druck und der wässrige Ballast hielt ihn mit unbezwingbarer Gewalt unten.

Die Augen weit aufgerissenen schluckte er immer mehr Wasser. Er atmete es ein. Bis sein Magen und seine Lungen zum Bersten gefüllt waren. Im letzten Aufbäumen schlich sich die Wahrheit in sein Bewusstsein. Er starb. Die Strömung riss ihn mit sich fort. Vorbei an den Forellen, die tatsächlich hier standen. Aufgeschreckt durch den fremden Koloss, der an ihnen vorüberschnellte.

***

Stefan klingelte Sturm. Endlich hatte er es geschafft. Die Befragung durch die Polizei war glimpflicher verlaufen, als er erwartet hatte.

Ja, sein Freund sei vorausgegangen. Er selbst musste sich um seine verfangene Angelschnur kümmern.

Nein, er hätte nicht gesehen, dass sein Freund in Schwierigkeiten geraten war. Er stand hinter der Biegung.

Er hätte auch nichts gehört. Der Wind kam von vorne. Als er endlich weitergehen konnte, war sein Freund verschwunden. Er hatte sich Sorgen gemacht. Mehr noch, als er dessen Angel zwischen Baumwurzeln, die in den Fluss hineinragten, gefunden hatte.

Ja, er hätte dann sofort die Polizei gerufen.

Mhm, das sei sein Freund. Richard. Wie entsetzlich!

Ja, er sei verheiratet.

Er, Stefan, kenne dessen Frau und würde es übernehmen, ihr die traurige Nachricht zu überbringen.

Ja, der Fluss ist wohl wirklich tückisch. Oh, er hatte schon mehrere Leben gekostet?

Und nun stand er vor dem Haus und Barbara machte nicht auf. Was war nur passiert?

Als guter Freund kannte er die Stelle, an der sie den Zweitschlüssel versteckt hatten. Er holte ihn hervor und schloss auf. Ging zögernd hinein. Schob die Tür zu.

»Barbara?«

Nach einem erfolglosen Rundgang durch das Erdgeschoss stieg er die Treppe hinauf.

»Barbara?«

Er schaute ins Schlafzimmer. Nichts. Dann öffnete er die Tür des Badezimmers. Stefan wurde bleich. Da war sie.

Seine Barbara lag dahingeflossen auf dem weißen Badezimmerteppich. Nackt.

Ein Schritt und er war an ihrer Seite. Nahm sie in seine Arme, strich ihr die nassen Haare aus dem kalkweißen Gesicht.

»Barbara!« Voller Angst tastete er nach ihrem Puls.

Da stöhnte sie leise. Ihre Augenlider zuckten. Sie öffnete ihre Augen und sah ihn verwirrt an.

»Barbara! Oh, danke, lieber Gott, danke!« Er drückte sie an sich und bedeckte ihr kaltes Gesicht mit heißen Küssen. Tränen flossen über seine Wangen. »Was ist geschehen?«

»Ich…, ich weiß nicht.« Sie schluckte trocken. Räusperte sich mühsam. „Ich habe gebadet. Da bin ich so müde geworden. Ganz furchtbar müde.« Sie schloss für einen Moment wieder die Augen. »Aber dann hat das Telefon geläutet. Ich dachte, das bist vielleicht du.« Ihr Blick wanderte über sein geliebtes Gesicht. »Um mir zu sagen... Du weißt schon.« Sie verzog ihren Mund zu einem schwachen Lächeln. »Da bin ich aus der Wanne raus. Es war schwer. Sehr schwer.« Sie schluckte abermals. »Dann muss ich eingeschlafen sein.«

Stefan war glücklich. Es war gelungen. Er wiegte seine zukünftige Ehefrau wie ein kleines Kind. »Jetzt ist ja alles gut. Alles ist gut.«

Die Geschichte *Ein wasserdichtes Alibi* wurde für den Agatha-Christie-Krimipreis 2013 nominiert und erschien in der Anthologie *Eine Frage des Alibis*, Fischer Verlag.

Für Hobbydetektive

Griesbacher Familiengeschichten

Wenn man beim Brummer im Café sitzt und aus dem Fenster schaut, dann hat man den Stadtplatz gut im Blick. Ohne dass man selber gleich gesehen wird. Das ist praktisch. Deshalb hab ich mich auch heute wieder an dem kleinen Zweiertisch häuslich eingerichtet. Eine Portion Kaffee steht vor mir und ein Hasenöhrl. Ich bestelle immer nur Hasenöhrl, weil, die mach ich für mich selber nicht. Aber es gibt sie hier nicht jeden Tag. Leider. Es muss auch eine Abwechslung im Sortiment sein, hat mir die Bedienung erklärt. Wegen meiner müssten sie nichts abwechseln. Etwas Gutes soll man nicht ändern. Finde ich zumindest. Ist eh schon genug anders geworden in den letzten Jahren. Den Stadtplatz haben sie umgebaut. Schief ist er jetzt. Und einen blauen Brunnen haben sie aufgestellt, einen modernen. Aber wenigstens die Rotbuche steht noch an ihrem Fleck. Auch wenn sie einer mal meucheln wollte. Hat er aber nicht geschafft. Sie lebt immer noch. Gott sei Dank! Wie einer drauf kommen kann, einem so schönen großen Baum einfach die Rinde rundherum aufzuschneiden, weiß ich wirklich nicht. Sogar der Staatssekretär war damals da und hat sich das angeschaut. Wahrscheinlich war der Baumverhunzer derselbe, der auch dem Bürgermeister immer seinen BMW verkratzt. Leute gibts. Aber ich kümmer mich nicht drum. Um die Leut.

Also normalerweise. Aber seit letztem Dienstag beschatte ich einen. Ja, wirklich. Und ich stell mich nicht blöd dabei an. Er hat nämlich noch nichts gemerkt davon.

Jetzt sitzt er da vorn. Auf dem schiefen Stadtplatz auf einer Bank. Er nimmt immer die erste Bank von links, von mir aus gesehen. Er kommt um halb zehn von unten, von der Apotheke, schlurft hoch an der Kurverwaltung vorbei, schaut sich in den Schaukästen die Plakate an und setzt sich dann auf die Bank. Da brauch ich mich gar nicht anstrengen, das seh ich alles ganz deutlich hier von meinem Ausguck aus. Da sitzt er dann und liest die PNP. Auf jeden Fall tut er so. Denn mich kann er nicht täuschen. Ich weiß ganz genau, was er da macht. Er wartet.

Ich warte auch. Beiß dawei von meinem Hasenöhrl ab, wisch mir den Puderzucker von der Blusen und trink einen Schluck Kaffee. Die machen hier einen guten Kaffee. Da kann man sich nicht beschweren. Und das Hasenöhrl schmeckt auch beinah so gut wie früher daheim.

Er hat immer die gleiche dunkelgrüne Jacken an und braune Hosen. Seine grauen Haar sind hinten zu lang, die liegen auf dem Kragen auf. Dafür ist er oben plattert und kämmt sich die Haar über die Glatzen. So einer ist das. Meint, man merkt nicht, wenn er was verheimlicht. Ja. Aber da hat er sich verrechnet. Wenigstens bei mir.

Er hat die Zeitung aufgeschlagen und linst dadrüber hinweg quer über den Springbrunnen zu dem Kleidergeschäft rüber. Das gibt's noch nicht so lang. Vorher war da der Jedermann drin, eine Kneipen. Und daneben ein Teeladen, der jetzt leer steht. Und noch viel früher gab's ein Filmtheater in dem Haus. Da haben wir uns für ein paar Mark die neusten Filme angeschaut gehabt. Aber dann hat's brennt und aus war's mit dem Kino. Schade.

Auf jeden Fall beobachtet er das Geschäft mit den modernen Klamotten. Für mich ist das ja nichts mehr, aber die Jüngeren, die gehen da ganz gern rein.

In dem Kleidergeschäft arbeitet seit ein paar Wochen die Franzi. Das ist meine Nichte. Die Tochter von meiner Schwester Hilde. Gott hab sie selig. Vierzehn Jahre jünger als ich, aber schon tot. So kann´s gehen manchmal. Seit die Hilde nicht mehr ist, hab ich mich um das Mädel gekümmert. Hab ja selbst keine eigenen Kinder gehabt. Woher auch?

Ja, die Hilde ist letztes Jahr an Krebs verstorben, und weil der Vater von der Franzi sich schon lang aus dem Staub gemacht hat, schon damals vor der Geburt von dem armen Wurm, hab ich sie bei mir aufgenommen. Sie ist zwar schon neunzehn, aber ein braves Kind. Nicht so wie die anderen alle.

Die Lehre als Verkäuferin hat sie nicht geschafft, aber da kann sie nichts dafür. Nicht jeder ist für so viel Lernen geschaffen. Und in unserer Familie, da haben wir´s nicht so mit dem Lernen. Dafür können wir arbeiten. Und fleißig ist die Franzi. Sie hat jetzt eine Arbeit in dem Kleidergeschäft gekriegt. So einen 400-Euro-Job oder wie man da sagt. Gutes Geld. Auf jeden Fall mehr als wie meine Rente. Und dann geht sie noch putzen. So nebenher. Das Geld liefert sie bei mir ab. Weil sie ja auch umsonst wohnt bei mir und isst. Die Wäsche wasch ich ihr auch. Und natürlich geb ich ihr ein Taschengeld.

Einmal im Monat geht sie mit ihrer Freundin tanzen. Im *Haslinger*. Also nicht bei den einsamen Herzen, des wär ja noch schöner. Na, na, dafür ist sie noch viel zu jung. Bei den einsamen Herzen sind die Kurgäste. Aber im *Haslinger* gibt´s auch eine Diskothek. Da geht sie hin. Ich erlaub ihr das auch, weil, wenn man jung ist, soll man sich amüsieren.

Aber ich hätt das nicht tun dürfen, das Erlauben, denn dort hat sie den Alten kennengelernt. Ich weiß nicht wie, aber das ist ja auch egal. Auf jeden Fall ist er seit dem letzten Mal Tanzen hinter ihr her.

Gesagt hat sie mir nichts, die Franzi. Aber das war auch gar nicht notwendig. Ich hab auch so gemerkt, dass etwas nicht stimmt. Sie sperrt sich jetzt abends nach der Arbeit immer in ihrem Zimmer ein und flennt. Essen tut sie auch nicht mehr richtig. Am Anfang hab ich geklopft und gefragt, was passiert ist. Aber sie sagt mir nichts, das Kind. Heult nur.

Da hab ich mir gedacht, Lina, wenn sie nichts sagt, dann musst du selber schauen. Und so bin ich ihr letzten Dienstag hinterher, wenn sie in die Arbeit gegangen ist, und hab mich in den *Brummer* ans Fenster gesetzt und geschaut. Schon gleich am ersten Tag ist er mir aufgefallen. Der Mensch, der jetzt auch wieder auf der Bank hockt. Dass er da gesessen ist und gewartet hat und immer zu dem Kleidergeschäft rübergeschaut hat. Und wenn die Franzi in der Mittagspause rausgekommen ist und schnell zum Pflieger um eine Leberkassemmel gehen wollt, dann ist er ihr gefolgt. Mit Blicken. Und wenn sie zurückgekommen ist, genauso. Sie hat nichts davon gemerkt, weil sie sich die Schuhe in der Auslage beim Dischler angeschaut hat und die Zettel von der VHS gelesen hat, die im Fenster vom *Alten Rathaus* hängen. Sie hat nie rübergeschaut zu den Bänken. Aber ich hab's gemerkt. Ganz heiß ist es mir geworden da an meinem Fenster und ich hab mir gedacht: Was will der alte Depp von meiner Franzi?

Dann hab ich mir das nächste Hasenöhrl bestellt und weiter gewartet. Den ganzen Nachmittag. Einmal ist er aufgestanden, und ich hab schon gedacht, jetzt geht er, aber er ist hier in die Bäckerei rein und hat sich eine Brezen gekauft und wollt aufs Klo. Ich hab mich hinter der Speisekarte versteckt und ihn beobachtet, wie er an der Theke seine Brezen gezahlt hat. Jedes Zehnerl einzeln hat er aus seinem alten Geldbeutel herausgezählt. Im Gesicht war er genauso grau wie seine Haar. Hernach ist er wieder auf seiner Bank gesessen. Bis zum Abend. Und als die Franzi aus ihrer Arbeit gekommen ist, da ist er aufgestanden und ist ihr entgegengegangen. Richtig in den Weg gestellt hat er sich. Die Franzi ist erschrocken. Das hab ich daran gekannt, dass sie die Hand vor den Mund geschlagen hat, und ganz große Augen hat sie gekriegt. Er hat auf sie eingeredet und sie am Ellbogen genommen. Aber sie hat schnell den Kopf geschüttelt, hat sich losgerissen und ist weggerannt. Zuhause war ihr Zimmer wieder zugesperrt und sie hat geheult. Aber reden wollt sie immer noch nichts mit mir, das dumme Kind. Wie soll ich ihr da dann helfen?

So geht das jetzt schon ein paar Tage. Er sitzt draußen, ich sitz drinnen. Und ich überleg die ganze Zeit, was ich machen soll. Vielleicht ist er einer von den Sexverbrechern? Einer, der es auf junge, unschuldige Mäderln abgesehen hat. So ein ganz Perverser. Auch wenn er nicht mehr recht kräftig ausschaut, könnt er der Franzi schon noch was tun. So klein und dünn, wie sie ist.

Ich hätt sie halt nie weggehen lassen sollen. Aber jetzt ist das Kind schon in den Brunnen gefallen, also sozusagen, und ich muss es wieder herausholen.

Am nächsten Tag hat sie dann schon nach ihm geschaut, wie sie mittags raus ist. Und er ist von seiner Bank aufgestanden und hat gewunken. Aber sie ist schnell vorbei. Auf dem Rückweg hat er ihr dann den Weg abgeschnitten und hat wieder auf sie eingeredet. Da war ihr Kopfschütteln nicht mehr so heftig wie noch am Tag vorher. So ist das weitergegangen von Tag zu Tag. Er war stur wie ein Esel und sie hat immer mehr mit ihm geredet, immer mehr. Oft hab ich mir gedacht, jetzt geh ich rüber und mach dem Ganzen ein End. Aber irgendwie, mei, was hätt ich denn sagen sollen? Dass sie nicht mit Fremden reden soll? Also bin ich sitzen geblieben.

Jetzt ist wieder Mittagszeit. Ich stopf mir den letzten Rest von dem Hasenöhrl in den Mund, da kommt die Franzi auch schon aus dem Geschäft. Pfeilgrad läuft sie zu dem Kerl, als ob´s ihr Liebster wär. Ja, hab ich da was nicht mitbekommen? Der dackelt ihr entgegen. Sie stehen neben seiner Bank, die Köpfe nah beieinander, und reden und er zeigt auf das Haus hinter sich, da wo die Volksbank drin ist. Sie nickt und wird ganz rot. Was hat er bloß gesagt zu ihr, dass das arme Kind so rot werden muss? Ihre blonden Lockerl wehen im Wind. Da hebt er seine Hand und streicht ihr über den Kopf.

Ja, jetzt schlägt´s dreizehn! Da hält mich nichts mehr auf meinem Stuhl. Ich pack mein Sach zusammen und will hinaus, aber die Bedienung hält mich auf. Nicht gezahlt hätt ich. Ja, Kreuzkruzinäsn, als ob ich jetzt keine anderen Sorgen hätt als die paar Lutscherl. Ich reiß meine Handtaschen auf, such mein Geld und drück der Bedienung den Zehner in die Hand. Dann humple ich auf die Straßen. Die zwanzig Pfennig oder Cents, wie das jetzt ja heißt, soll sie sich behalten. Ausnahmsweise. Dafür hab ich keine Zeit.

So schnell bin ich nicht mehr, mein Rheuma ist arg in den letzten Wochen. Und wie ich auf den Stadtplatz zu der Bank komm, ist von den zwei keiner mehr da. Die Franzi ist wahrscheinlich schon in ihrem Geschäft. Und der Alte geht gerade bei der Villa Antica vorbei.

Wo will der denn plötzlich hin?

Den kauf ich mir, denk ich, und lauf hinter ihm her. Naja, wie ich halt kann. Fast bin ich bei der Mariensäule unter der Buche, da verschwindet er um die Ecke. Ich hinterher.

Der Schlossberg ist steil und ich muss langsamer tun, damit es mich nicht hinhaut. Aber schreien kann ich noch.

»Halt«, schrei ich. »Sie, warten S′! Was wollen S′ von der Franzi?«

Der Lackl dreht sich kurz um, kriegt einen komischen Blick und legt einen Zahn zu. Wenn der jetzt meint, er könnt mich abhängen, dann hat er sich geschnitten. Ich klemm mir meine Handtaschen unter den Arm und bin gleich schneller.

Er schaut sich nach mir um und biegt dann in den Friedhof ab. Die beiden alten Weiberl, die mit der Gießkanne bei den Bekanntmachungen stehen, hören mit ihrem Ratsch auf und schaun mich mit offenem Mund an, wie ich ihm hinterher schnauf. Aber das ist mir wurscht. Sollen die sich das Maul zerreißen.

Wie ein Wiesel rennt er um die Grabsteine herum, an St. Michael vorbei den Berg immer weiter runter. Ich hätt nie gedacht, dass der noch so schnell sein kann. Aber ich bin ihm auf den Fersen.

»Sie!«, versuche ich es noch mal mit dem Schreien, auch wenn ich schon fast keine Luft mehr hab. »Sie! Bleiben S´ stehen!«

Aber er denkt nicht daran. Immer wieder hat er seinen Kragen bei mir hinten, und ich kann sehen, dass er auch schon arg zu kämpfen hat. Aber trotzdem rennt er weiter, zum unteren Friedhofstor, die Stufen runter, dann nicht rauf zum Schloss, sondern links den Berg runter. Ich bleib oben stehen. Die steile Treppe geb ich mir nicht mehr. Da derfall ich mich bloß.

»I kriag di scho no!«, schrei ich ihm hinterher und schüttel meine Faust.

Er rennt weiter, den kurvigen Weg entlang und auf einmal, grad wie er wieder zu mir umschaut, kommt er ins Stolpern, wirft seine Arme hoch, rudert in der Luft herum. Aber es nützt ihm nichts, er knallt mit der Schulter auf den Boden, fängt zum Rollen an, überschlägt sich den Berg hinunter, kugelt immer weiter, es sieht schon fast lustig aus, kugelt und kugelt, bis ein Laternenpfahl ihn auffängt, er mit dem Bauch dagegen schlägt und sich mit Armen und Beinen herumwickelt. Liegen bleibt. Ganz still.

***

Wie ich nach Hause gekommen bin, kann ich beim besten Willen nicht mehr sagen. Ich fang erst wieder zum Denken an, als die Franzi zur Tür hereinstürmt.

»Tant, du sitzt ja im Dunkeln!«, sagt sie und macht Licht. Sie setzt sich zu mir an den Küchentisch und nimmt meine Hand. »Stell dir vor, was passiert ist!«, sagt sie ganz aufgeregt.

Ich dreh meinen Kopf und schau sie an. Ihre Augen leuchten und sie strahlt übers ganze Gesicht. Weiß sie es schon, denk ich, dass sie ihn wieder los ist. Und jetzt ist sie froh. Dankbar, dass ich was gemacht hab. Auch wenn ich nicht wollen hab, dass er gleich tot ist.

Die Franzi schaut mich immer noch an wie ein Kind den Christbaum. Und ich denk, dann tu ich ihr halt den Gefallen. Soll sie es mir verzählen.

»Gut«, sag ich, »was ist passiert?«

Sie rutscht näher zu mir und drückt meine Hand. Erzählt mir, dass es eigentlich ein Geheimnis ist, weil, er will nicht, dass alle wissen, dass er so viel Geld hat. Aber sie muss es mir einfach verzählen, sonst platzt sie.

Als die Franzi sieht, dass ich schau wie ein Schwäibal, wenn's blitzt, fangt sie nochmal von vorn an.

Im Haslinger hätt sie ein alter Mann angesprochen, sagt sie. Er sei hier auf Kur, hätt er gesagt. Genau hier in Bad Griesbach. Weil er die Franzi finden wollt. Weil er der Bruder von ihrem Vater ist. Der auch schon lang gestorben ist. Das hat die Franzi ziemlich durcheinandergebracht. Weil sie ja immer ihren Vater kennenlernen wollt und sich schon überlegt hat, wie sie das macht jetzt, wo ihre Mam tot ist und jetzt ist er auch schon tot. Deshalb hat sie auch so viel weinen müssen in der letzten Zeit.

Aber die Geschicht geht ja noch weiter. Weil er, der Bruder, hätt selber keine Kinder und bevor er sein ganzes Vermögen der Kirch vermacht, wollt er die Franzi suchen. Er hat nicht mehr lang zum Leben und deswegen will er mit der Franzi zum Notar. Er, der Onkel, war immer sparsam und hat einiges beieinand. Grundstücke und Geld. Das soll alles die Franzi kriegen. Morgen schon haben sie einen Termin beim Notar.

»Is des nicht der Wahnsinn, Tant!«

In meiner Anthologie *BöfflaMord* verarbeitete ich mit *Griesbacher Familiengeschichten* die örtlichen (!) Gegebenheiten meines Wohnortes Bad Griesbach. Sie ist im Wellhöfer Verlag erschienen.

Für Keltenbegeisterte

Die Flucht

Ein Hirsch bricht durch das Unterholz und verharrt. Witternd. Dann setzt er mit langen Sprüngen über die Lichtung und verschwindet im Schatten des Waldes. Stille kehrt zurück, untermalt vom Summen der Mücken. Zwischen den Fingerhutstauden spielen Sonnenstrahlen und bringen die scharlachroten Blüten zum Leuchten. Ein Kaninchen streckt den Kopf aus seinem Bau, schnuppert, hoppelt hinaus - und huscht zurück.

Zweige knacken. In rascher Folge brechen sie entzwei, immer lauter. Immer näher. Eine junge Frau stolpert zwischen den Bäumen hervor. Sie ist gelaufen. Eine Ewigkeit. Stets bergauf. Hektisch blickt Una sich um.

Ihre Arme sind zerkratzt. Das helle Kleid blutverschmiert. Strähnen haben sich aus der kunstvollen Frisur gelöst und umzittern ihr Gesicht bei jedem Atemstoß. Sie stützt sich an einen Baum, versucht, sich zu beruhigen. Sie muss hören, ob die Männer ihr auf den Fersen sind.

Aber ihr Atem ist zu laut, ihr Herzschlag zu dröhnend. Sie meint, immer noch das Klatschen und Stampfen der Dorfbewohner zu vernehmen.

Morgendunst hing über der Anhöhe. Alle waren gekommen, standen am Straßenrand und verfolgten mit tausend Augen ihren Weg hinauf zum heiligen Hain. Sie mussten zurückbleiben, durften nicht teilhaben am Ritual. Aber beitragen wollten sie etwas. Deshalb fingen sie an, auf den Boden zu stampfen und mit den Händen zu klatschen. Ein sich stetig steigernder Rhythmus. Matto und Albin begleiteten Una, hatten ihr die Hände auf den Rücken gefesselt. Sie richtete sich auf und blickte ihren Verwandten und Nachbarn gerade ins Gesicht. Sie sollten nicht glauben, sie hätte den Mut verloren. Aber leicht war es nicht, den Blicken der anderen standzuhalten. Sie sah Stolz, Mitleid, Neid und bei ihrer Mutter Verzweiflung. Das war das Schlimmste, und ließ sie doch die Augen senken.

Una späht durch die Bäume. Hat sie nicht eben etwas gehört? Schritte? Aber nein, die Nerven spielen ihr einen Streich. Hier ist niemand. Nur ihr Puls pocht in den Ohren.

Sie hatte einen unachtsamen Moment genutzt, um ihnen zu entkommen. Das Messer lag schon bereit, die Schneide blinkte im ersten Sonnenlicht. Der Priester hatte Matto in den Tempel geschickt, um das Räucherwerk zu holen. Sie ließ er niederknien. Dann hob er die Hände gen Himmel und sprach mit geschlossenen Augen die Gebete. Nur Albin war noch bei ihr, trat von einem Fuß auf den anderen. Es war seine erste Opferung. Una wusste, wenn sie es versuchen wollte, dann musste es jetzt sein.

Sie schickte ein Stoßgebet in den Himmel.

Dann dreht sie ihre Hände in den Fesseln und stöhnte leise. Der Druide ließ sich in seinem Gebet nicht stören, proklamierte nur noch lauter die Anrufung der Großen Göttin. Unterdessen wandte Una ihren Kopf leicht zur Seite, bewegte wieder ihre Hände und sah Albin flehend an. Er zögerte. Sie verzog schmerzvoll das Gesicht. Da beugte er sich zu ihr hinab und lockerte das Lederband. Mit einer raschen Drehung schlüpfte sie aus den Schlaufen, gleichzeitig rappelte sie sich auf.

Albin wollte sie fassen, aber sie tauchte unter seinen Händen hindurch und stieß ihn mit aller Kraft zur Seite. Er taumelte, fiel und rollte ein Stück den Abhang hinunter.

Nun erwachte der Druide aus seiner Trance und blickte sie mit glasigen Augen an. Bevor er fähig war, etwas zu sagen oder zu tun, umrundete sie ihn.

Sie musste durch den Eichenhain, den Hügel hinab, weg von Gabreta. Im Geist sah sie schon das Tal vor sich und dann den dichten Wald, der den Berg in eine grüne Decke hüllte. Hoffnung weitete ihr Herz.

Sie hörte die Männer hinter ihr schreien, der Druide verfluchte sie. Una blieb jedoch nicht stehen. Sie wollte sich nicht abschlachten lassen. Sie wollte leben.

Aber nun: Wo soll sie nur hin? Sie fährt sich über die Stirn und hinterlässt eine schmutzige Spur.

Selbst wenn es ihr gelingen sollte, ihren Häschern zu entfliehen, kann sie nie mehr zurück. Ab heute hat sie kein Zuhause, keine Familie mehr. Sie darf nicht an die Schmach denken, die sie ihren Eltern mit der Flucht angetan hat. Das macht sie schwach. Sie muss jedoch stark sein. Und erfindungsreich. Wo könnte sie sich bloß verbergen?

Mit der Hand an der Rinde umkreist sie den Baum. Wirft einen Blick auf die Lichtung. Wendet ihren Kopf nach Westen. Schaut zurück, von wo sie gekommen ist. Blickt nach Osten. Wieder auf die Lichtung.

Diese Waldwiese kennt sie. Den umgestürzten Baumriesen. Das Fingerhutgebüsch. Wie oft hat sie früher ihren Vater auf der Jagd begleitet? Unzählige Male. Und hier an diesem Platz haben sie Rast gemacht. Das mitgebrachte Brot verzehrt. Aus der Quelle getrunken. Und das Beste: Ganz in der Nähe gibt es eine hohle Buche. Als Kind ihr Versteck und ihr Vater musste sie suchen.

Welch ein Vergnügen.

Das ist ihre Chance.

Sie muss den Baum finden.

Noch einmal hält sie Ausschau. Horcht. Schüttelt den Kopf. Sie sieht nichts von den Männern, hört nichts. Vielleicht hat sie Glück und die beiden abgehängt.

Hoffentlich. Sie darf sich nicht vorstellen, was passiert, wenn die Männer sie einfangen.

Sie läuft am Rande der Lichtung entlang. Ihre Schritte sind wieder leichter. Die Schuhe berühren keinen Ast. Auf der anderen Seite der Wiese bahnt sie sich einen Weg durch das Brombeergestrüpp. Es kümmert sie nicht, dass die Ranken nach dem Saum ihres Kleides greifen. All ihr Streben ist darauf gerichtet, den hohlen Baum zu erreichen. So entgeht ihr, dass die Dornen ein Dreieck aus dem dünnen Stoff reißen. Unwissend lässt sie dieses Zeichen zurück, weiß leuchtend zwischen den dunklen Blättern.

Hier muss es irgendwo sein. Buchen dominieren das Waldstück. Sie blickt sich um. Begutachtet die Dicke der Stämme. Sie war schon lange nicht mehr in diesem Gebiet, aber die Fichte mit den drei Wipfeln meint sie zu erkennen. Und dann, weiter links. Da muss doch ... Rasch eilt das Mädchen in die Richtung, in der es das Versteck vermutet. Ja, da ist es!

Epona sei Dank!

Mächtig erhebt sich die alte Buche und streckt ihre Äste zur Sonne empor. Die umstehenden Bäume ducken sich unter der ausladenden Krone und neigen sich respektvoll zur Seite. Die Zweige sind mit Vögeln bevölkert und

Eichhörnchen springen im Geäst. Sicherlich wohnt in jeder Astgabel eine Elfe.

Una lächelt. Sie hat ihre Zuflucht gefunden.

Da trägt der Wind eine Stimme durch den Wald. »Albin, hier. Ein Fetzen von ihrem Kleid.«

Die junge Frau zuckt zusammen. Das sind sie!

Sofort schlägt ihr das Herz wieder bis zum Hals. Sie darf keine Zeit mehr verlieren, muss versteckt sein, bevor die Männer kommen. Sie hastet zur Buche und findet den Spalt, der zum Hohlraum führt. Wenn sie sich auf Zehenspitzen stellt, kann sie hineinsehen. Ein schmaler Eingang in eine hölzerne Höhlung, dunkel und feucht. Als Kind war es ganz einfach, dort hinaufzugelangen. Sie erinnert sich. Schnell legt Una ihre Hände in die Vertiefung und spannt die Muskeln an. Sie stemmt die Füße gegen den Stamm, aber sie rutschen ab. Immer wieder. Wieso gelingt es ihr nicht, hinaufzuklettern?

Die Männer poltern durch den Wald. Nun müssen sie nicht mehr darauf achten, unbemerkt zu bleiben. Sie wissen, dass Una ganz in der Nähe ist und wollen sie aus ihrer Deckung treiben. Geräuschvoll brechen sie Äste ab, reißen Pflanzen aus, die ihnen den Weg versperren. Wie Wildschweine pflügen sie sich einen Pfad durch das Holz.

»Una, wo bist du?«, schreit einer von ihnen. Wahrscheinlich Matto. »Komm raus, wir tun dir nichts.«

Die junge Frau glaubt ihm nicht. Natürlich nicht. Mit aller Gewalt versucht sie, sich emporzuziehen. Krallt die Fingernägel in das Holz. Vergebens. Immer wieder setzt sie an, aber sie findet keinen Halt. Tränen laufen ihr übers Gesicht.

»Una?«, ruft jetzt der andere.

Sie schluchzt auf. Sie sind schon so nah. Panisch streift sie die Schuhe von den Füßen und wirft sie in die Höhlung. Ihre Finger sind blutig, die Nägel eingerissen, aber sie achtet nicht darauf. Beißt die Zähne zusammen. Ihre Haare kleben an der schweißnassen Stirn.

„Bitte, Epona, hilf!", flüstert sie. „Bitte, Große Göttin, verzeih mir! Bitte, bitte! Ich opfere dir ein Lamm statt meiner. Bitte!" Sie bohrt ihre Zehen in die Rinde. Presst sich an den Stamm und umfasst ihn mit den Händen. Während sie inbrünstig Gebete murmelt, geschieht das Wunder.

Sie kann sich ein Stück hinaufziehen. Noch eines. Dann einen Fuß in den Spalt klemmen.

Sie weint, jetzt vor Erleichterung. Bald hat sie es geschafft. Die Götter sind auf ihrer Seite. Sie hat es gewusst. Tief atmet sie ein, fasst nach, schiebt sich hoch. Noch ein wenig höher – gleich ist sie in Sicherheit!

Ein Geräusch lässt Una erstarren.

Von hinten umschließen sie Arme, hart wie Buchenholz, und pflücken sie vom Baum.

Die Flucht wurde für den Ralf-Bender-Krimipreis 2015 nominiert und erschien im *Boandlkramer* der Edition Golbet. Sie war sozusagen ein *Nebenprodukt* meiner intensiven Recherche für meinen Kriminalroman *Niederbayerische Göttinnen* aus dem Emons Verlag.

Für Frischverliebte

Hormone

Lena, es war FANTASTISCH!!! Miami Beach ist ein Traum. In zwei Wochen fahre ich wieder. Willst du mit? Melde Dich!

Thomas Lehner starrte auf sein Smartphone. Er zog die Augenbrauen in die Höhe. Lena? Miami Beach? Die Nummer kannte er nicht. Hm, die Nachricht war nicht für ihn bestimmt. Da hatte sich jemand bei der Telefonnummer vertippt.

Diskret steckte er das Handy in die Innentasche seiner Anzugjacke zurück und versuchte, sich wieder auf die Abteilungsleitersitzung zu konzentrieren. Hatte der Alte etwas mitbekommen? Nein, sah nicht so aus. Er schwadronierte immer noch über die Produktionszahlen der Passauer Tochterfirma. Die Statistik kannte Thomas in- und auswendig. Schließlich hatte er sie dem Chef in mundgerechte Stücke aufbereitet.

Vor ihm auf dem Besprechungstisch lag ein Block. Thomas gab vor, sich Notizen zu machen. Dabei kritzelte er nur. Aus der Entfernung konnte der Alte sicher keinen Unterschied erkennen, und ihn selbst beruhigte es. Striche, Zacken und Haken, die sich zu Buchstaben formten. Die Buchstaben zu Worten. *Miami Beach*. Um Thomas Lippen spielte ein Lächeln. Erinnerungen tauchten vor seinem inneren Auge auf. Türkisblauer Atlantik, farbenfrohe Art Deco-Häuser, fröhliche Menschen. Und Joanna. Wie von selbst glitt seine Hand in das Jackett und fischte das Telefon wieder heraus. Unter dem Tisch rief er noch einmal diese rätselhafte SMS auf. Bestimmt hatte sie eine Frau geschrieben. Eine Frau mit einer Freundin, die Lena hieß. Also jung. Beide. Viel jünger als er. Vermutlich Mitte zwanzig, Anfang dreißig. Attraktiv. Erfolgreich. Durchaus seine Kragenweite. Er strich sich über den kurz getrimmten, dunklen Bart, der so vorteilhaft mit seinen grauen Schläfen kontrastierte.

»Herr Lehner.« Der Chef und alle anderen sahen ihn an.

Einen Augenblick musste sich Thomas orientieren. Ach, die Weiterentwicklung des Plug-in-Hybrids. Er stand auf, ließ mit einer geschmeidigen Bewegung das Handy verschwinden, ging nach vorn und spulte seine PowerPoint-Präsentation ab.

Nach der Arbeit aß er im Yachtclub. Das hörte sich spektakulärer an, als es war. Schließlich ging es um Friedrichshafen und nicht um Hamburg. Allerdings war das Restaurant des Württembergischen Yachtclub e.V. bekannt für seine gute Hausmannskost. Immer wenn Thomas im Friedrichshafener Hauptsitz der Firma arbeitete und nicht in Passau von seiner Ehefrau bekocht wurde, fehlte ihm spätestens am zweiten Tag das Bodenständige. Seine Frau fehlte ihm weniger. Sie war mit den Jahren schon sehr zum Hausmütterchen mutiert. Samt der passenden Figur. Kümmerte sich nur um die drei Kinder und hatte keine anderen Interessen. Vor allem keine sexuellen. Gähnend langweilig.

Da war es im Yachtclub schon interessanter. Hier hatte er einen wunderbaren Ausblick auf den See, die weißen Boote und auf Lisa. Die Zuckerschnecke bediente abends und ihr knackiger Po war eine der Spezialitäten, die nicht auf der Speisekarte standen.

Im Gegensatz zum Schwabenteller, seinem Lieblingsgericht, das Lisa gerade vor ihn hinstellte. Er schüttelte die Serviette auf, legte sie auf den Schoß und griff nach dem Besteck. Heute war viel los im Clubrestaurant, da hatte Lisa keine Zeit, mit ihm zu flirten. So konnte er sich seinen Charme sparen und sich ganz dem Genuss der schwäbischen Köstlichkeiten hingeben. Für die Röstzwiebeln schwärmte er besonders!

Zufrieden spülte Thomas den letzten Bissen mit einem Schluck Bier hinunter, als ein Vibrieren in seinem Sakko den Eingang einer SMS meldete. Die tägliche Nachfrage seiner Frau Sabine. Er wollte sie schnell beantworten, um sich dann Angenehmerem zuzuwenden. Das Restaurant leerte sich und Lisa hatte ihm schon zugezwinkert. Da ging heute noch was.

Lena? Miami Beach? Ich sag dir, du verpasst was!!!

Das war eindeutig nicht Sabine.

Wie ein pawlowscher Reflex legte sich bei dem Wort ›Miami Beach‹ ein Lächeln auf seine Lippen. Seine Daumen schwebten über dem Display, bereit, eine Antwort zu tippen. Aber - vielleicht wäre es reizvoller, mit dieser unternehmungslustigen, jungen Dame zu sprechen? Kaum flog der Gedanke durch seinen Kopf, schon drückte Thomas auf das Anruf-Symbol.

»Lena?« Die Stimme am anderen Ende der Leitung klang temperamentvoll und hatte das rauchige Timbre einer Soulsängerin.

Thomas Lächeln verstärkte sich. »Da muss ich Sie enttäuschen. Ich bin nicht Lena. Leider. Aber erzählen Sie mir doch trotzdem ein wenig von Miami Beach.«

Die Frau lachte auf. »Ich kenne Sie doch gar nicht.«

»Ist der Sonnenuntergang immer noch so spektakulär wie vor zwanzig Jahren?«

»Keine Ahnung. Vor zwanzig Jahren war ich sieben und brav in Deutschland.« Sie machte eine Pause. Thomas wusste, jetzt fiel die Entscheidung. Für oder gegen ihn. Da sprach sie weiter. »Aber beschreiben Sie mir doch den Sonnenuntergang von damals, dann kann ich vergleichen.«

Er hatte gewonnen.

An diesem Abend hatten sie sich noch lange unterhalten. Lisa hatte ihm ein weiteres Bier serviert und war beleidigt abgerauscht, als er ihr nur zugenickt hatte. Aber er wollte sein Gespräch mit Michelle nicht unterbrechen. Ihren wunderschönen Namen hatte sie ihm nach einer Weile verraten, und in seinen Gedanken begann sofort, das alte Beatles-Lied zu spielen. ›Michelle, ma belle‹. Er war bekennender Beatles-Fan und die besten Momente seines Lebens hatte er mit ihrer Musik im Hintergrund genossen. Außerdem bestand für ihn kein Zweifel, auch die reale Michelle war ›schön‹.

In den nächsten Tagen flogen SMS hin und her. Thomas verrichtete seine Arbeit, ging seinen Geschäften nach, dachte aber immer öfter an Michelle. Abends rief er sie an und ihre Gespräche versüßten ihm die nächtlichen Stunden. Zufälligerweise wohnte Michelle auch am Bodensee. Wo, wollte sie ihm nicht verraten. Aber wenigstens schickte sie ihm nach langem Bitten seinerseits ein Foto von sich am Strand von Miami Beach. Da war es endgültig um ihn geschehen. Eine junge Göttin mit langen braunen Haaren, blitzenden Augen und einer frappanten Ähnlichkeit zu Joanna, seiner Jugendliebe.

Thomas verstärkte sein Werben. Er sprühte vor Charme und überschlug sich fast mit Vorschlägen für die gemeinsame Freizeitgestaltung: ein Kabarettabend im Atrium, ein Dokumentarfilm im Studio 17, eine Theaterproduktion im Kiesel oder gar eine Fahrt in der fliegenden Zigarre, dem Zeppelin NT.

Aber Michelle wehrte nur lachend ab. Sie sei ja keine Touristin, habe außerdem wenig Zeit und sei oft auf Geschäftsreise.

Welch atemberaubende Frau!

Dann musste Thomas für einige Wochen in die Tochterfirma nach Passau zurück, Michelle war in Miami Beach. Die Fotos, die sie ihm von ihrer Reise schickte, machten ihn ganz zappelig. Er musste sein Geschäft hier zu Ende bringen, seine finanziellen Angelegenheiten regeln und endlich den Absprung schaffen. In Miami Beach sah er seine Zukunft. Zusammen mit Michelle.

Er tätschelte seine Frau zum Abschied den Hintern, nahm seinen mit den frisch gebügelten Hemden gepackten Koffer und fuhr wieder nach Friedrichshafen.

Die Auszeit hatte ihrer beider Sehnsucht beflügelt. Nach der Rückkehr sträubte Michelle sich nicht länger gegen ein Treffen. Thomas konnte sein Glück kaum fassen. Obwohl er in Sachen Seitensprung bereits auf einige Erfahrung zurückblicken konnte, war er aufgeregt. Würde Michelle so schön sein wie auf den Fotos? Wie lange würde sie ihn hinhalten, bevor sie mit ihm in einem Hotelzimmer verschwand? Er konnte seine Ungeduld nur schwer zügeln.

Als es endlich so weit war und er am vereinbarten Treffpunkt auf der Seepromenade mit einer roten Rose in der Hand wartete, hatte er schwitzende Hände wie ein Teenager.

Und dann kam sie.

Er erkannte sie schon von weitem. Die langen dunklen Haare umflossen ihre schlanke Figur wie ein Schleier, der sacht im Wind wehte. Das pastellfarbene Sommerkleid schmeichelte ihrem milchkaffeebraunen Teint und brachte ihre blauen Augen zum Strahlen. Lächelnd schwebte sie auf ihn zu und ließ sich von ihm zur Begrüßung auf die Wangen küssen. Die Haut ihrer Oberarme, die er unter seinen Händen spürte, fühlte sich pfirsichglatt an.

Der Sommerabend war lau und so spazierten sie gemeinsam die Promenade entlang, spielten eine Runde Minigolf und speisten im ›Wirtshaus am See‹. Er begann an Seelenverwandtschaft zu glauben, als Michelle einen Schwabenteller bestellte.

Später nahmen sie einen Champagner-Cocktail im Goldenen Rad. Thomas hätte in diesem Hotel gern ein Zimmer mit Blick auf das vom Vollmond glitzernde Wasser gebucht und wäre liebend gerne mit ihr im Bett gelandet.

Aber er musste sich noch gedulden. Michelle hatte ihm freundlich, jedoch unmissverständlich klar gemacht, dass sie ihn vorher besser kennen lernen wolle. Und so saß sie ihm gegenüber und lauschte seinen Ausführungen.

Hin und wieder stellte sie Fragen. Kluge Fragen. »Wo möchtest du in zwei Jahren sein?«, war zum Beispiel eine davon.

Da nahm er ihre Hand in seine. »Mit dir am Strand von Miami Beach.«

»Das wäre schön«, sagte sie mit einem sanften Seufzen und erwiderte seinen Blick. »Aber leider nur ein Wunschtraum. Außerdem würde dir der Schwabenteller fehlen«, fügte sie mit einem Augenzwinkern hinzu.

Thomas lachte. »Das könnte ich verschmerzen.« Dann wurde er ernst. Er sah auf ihre Hand hinab und fuhr über die zierlichen Finger. »Aber wer weiß. Vielleicht geht dieser Traum schneller in Erfüllung, als du denkst.«

»Wie das?«

Er senkte seine Stimme. »Ich habe Vorkehrungen getroffen. Wenn alles so klappt, wie geplant, dann werde ich ab nächster Woche privatisieren.«

»Ab nächster Woche schon?«, rief sie aus, hielt sich aber sogleich die Hand vor den Mund. Leiser fragte sie: »Hast du als Abteilungsleiter so viel verdient, dass du dich schon zur Ruhe setzen kannst?«

Thomas lehnte sich zurück und wiegte bedächtig den Kopf. Schweigend. Er beobachtete lächelnd, wie es hinter ihrer bezaubernden Stirn arbeitete. Anscheinend konnte sie sich keinen Reim auf seine Worte machen, denn sie beugte sich weit über den Tisch und sagte: »Erzähl.«

***

Er hatte es geschafft. Der Koffer war gepackt. Das Flugticket hatte er in der Tasche. Seinen letzten Arbeitstag genoss er, vor allem da nur er allein wusste, dass es sein Letzter war. Er nahm sich Zeit, mit den Sekretärinnen einen Kaffee zu trinken und sich ihre übliche Tirade über die Marotten des Chefs anzuhören. Gerade wollte er seine Kaffeetasse abstellen und in sein Büro zurückkehren, um die letzten Dinge zu erledigen, da kam der Anruf. Der Chef wolle ihn sehen.

Thomas spielte mit dem Gedanken, ihn einfach zu versetzen, in ein Taxi zu steigen und zum Flughafen zu fahren.

Aber irgendetwas hielt ihn davon ab. Vielleicht war es Neugierde. Oder auch der Wunsch nach dem stillen Triumph.

Jedenfalls schlenderte er in die Vorstandsetage, nickte der Vorzimmerdame zu und betrat das Zimmer des Chefs.

Einen Moment stutzte er, als er die drei fremden Männer sah. Hatte er ein Meeting vergessen?

Der Chef bat ihn herein und schloss die Tür. »Setzen Sie sich doch, Herr Lehner«, sagte er und zeigte auf den freien Stuhl am Besprechungstisch.

»Darf ich vorstellen? Das ist Herr Lehner, unser fähigster Mann in der Entwicklungsabteilung. Herr Lehner, dies sind die Herren Fischer und Quast. Und Herr Brandtner von der Detektei Observatio. Herr Brandtner hat interessante Neuigkeiten für uns und wir wollen sie Ihnen nicht vorenthalten.«

Stumm blickte Thomas von einem zum anderen.

Sein Verstand wehrte sich dagegen, zu verstehen, was hier vor sich ging.

Herr Brandtner schlug eine Mappe auf, die vor ihm auf dem Tisch lag. Oben auf ein Portrait-Foto.

»Michelle«, murmelte Thomas.

»Nun, das ist der Name, unter dem sie sich bei Ihnen vorgestellt hat«, begann Brandtner und sah sehr zufrieden aus. »Ich fand es passend für einen so großen Beatles-Liebhaber, wie Sie einer sind.«

Thomas runzelte die Stirn.

»Wir haben ›Michelle‹«, fuhr Brandtner fort und man konnte hören, dass er den Namen gedanklich in Anführungszeichen setzte, »ausgesucht, weil sie auf den ersten Blick durchaus eine gewisse Ähnlichkeit mit Joanna Huntigton aus Pennsylvenia hatte, die Sie 1994 in Miami Beach kennenlernten.«

»Woher wissen Sie das?«, rief Thomas.

Ohne die Frage zu beantworten, nahm Brandtner das nächste Blatt aus seiner Mappe und legte es vor Thomas. »Sie erzählten ›Michelle‹, dass Sie ab nächster Woche privatisieren würden. Da mussten wir uns beeilen. Aber, nun ja, wir haben es geschafft. Interessant war diese Email an den größten Konkurrenten Ihrer Firma.« Er tippte mit den Fingerspitzen auf den Ausdruck.

Lehner stützte beide Hände auf den Tisch und sprang auf. »Sie haben mir hinterherspioniert!«, schrie er. »Das verstößt gegen jeden arbeitsrechtlichen Grundsatz. Ich werde Sie verklagen!« Sein Gesicht brannte.

Die vier Männer sahen ruhig zu ihm auf.

»Herr Lehner, setzen Sie sich«, sagte der Chef. »Lassen Sie uns zuerst zu Ende berichten, dann können Sie immer noch entscheiden, ob Sie mich verklagen möchten.« Er nickte Brandtner zu.

Der Detektiv legte in schneller Abfolge mehrere Blätter auf den Tisch. »Die eidesstattliche Aussage von ›Michelle‹ über den Modus Operandi Ihrer Aktion, eine gute Aufnahme von Ihnen mit Herrn Schmidt von der Konkurrenz, ein Foto von der Geldübergabe in der Schweiz, die Daten Ihres Flugtickets nach Rio, Ihres Weiterflugs nach Miami. Sie haben sich ja keine große Mühe gemacht, zu verschleiern, wohin Sie wollten.« Herr Brandtner sah ihn grinsend an.

»Das ist.... Das ist eine Lüge.«

Herr Fischer ergriff das Wort. »Ich mache Sie darauf aufmerksam, dass alles, was Sie sagen, gegen Sie...«

»Wer sind denn Sie?«, blaffte Thomas.

»Fischer, Kriminalpolizei. Das ist mein Kollege Quast. Zu Ihrer Information: Ihr Geschäftspartner Schmidt hat schon ausgesagt. Wir setzen unser Gespräch am besten im Polizeipräsidium fort. Kommen Sie.« Mit diesen Worten standen die beiden Polizisten auf, traten neben Lehner und nahmen ihm am Arm.

Der Chef erhob sich ebenfalls, seine Miene glich einem Stein. »Bis auf weiteres werden Sie auf Schwabenteller verzichten müssen, Herr Lehner.« Dann wandte er sich ab.

Hormone war unter dem Titel *Honigsüß* in der Anthologie *Die Mörderin vom Bodensee,* Wellhöfer Verlag mit der Herausgeberin Bettina Hellwig zu lesen.

Für Rentnerinnen

und Rentner

Und sie lebte glücklich

»Komm«, flüsterte die Alte.

Sie schlurfte an mir vorbei. Ein schmächtiges Weiblein. Bestimmt nur das halbe Gewicht von mir. Ich wusste nicht, wie sie hieß. Sie wohnte nicht auf meiner Station. Sie drehte sich zu mir um und fuchtelte mit ihrem Stock. Was wollte sie? Na, fragen kostete nichts.

Ich warf noch einen letzten Blick auf meinen halb vollen Teller. Heute hatte es Lumpen und Flöhe gegeben. Aber die hier konnten nicht kochen. Das Weißkraut war bis zur Unkenntlichkeit zermatscht und die Flöhe, also den Kümmel, hatten sie wohl pulverisiert. Damit die lieben Alten keine Samenkörner unter die Prothesen bekamen.

Mühsam richtete ich mich auf, griff meinen Rollator und humpelte mein rechtes Bein nachziehend in ihre Richtung. Als sie merkte, dass ich ihr folgte, wackelte sie weiter und ging durch die offene Terrassentür des Speisesaals in den Garten. Ihre Hüften schienen auch nicht mehr die besten zu sein. Trotzdem war sie sehr viel flinker als ich. Du meine Güte! Eile mit Weile, wollte ich ihr hinterherrufen. Aber dazu fehlte mir bereits die Atemluft.

Jetzt bog sie zu einer Blumenrabatte ab und ließ sich auf der weißen Bank, die davor im Schatten eines Baumes stand, nieder. Gute Idee, liebe Frau, lange wäre ich dir nämlich nicht mehr hinterhergelaufen. So neugierig war ich auch nicht.

Ich steuerte mein Gefährt zur Bank, parkte es, drückte die Bremsen hinein und setzte mich neben die Alte.

»Grüß Sie«!, schnaufte ich. Erwartungsvoll schaute ich sie an, sah aber nur ihr Profil. Die spitze Nase zeigte zu den Rosen, die üppig in der Augustsonne prangten. Sie erwiderte meinen Gruß nicht.

»Heute regnet es mal nicht«, versuchte ich erneut, das Gespräch in Gang zu bringen.

Wieder keine Reaktion von ihr. Ich war ein wenig enttäuscht. Hatte ich doch die leise Hoffnung gehabt, wenigstens einen halbwegs intelligenten Menschen hier zu finden. Bis jetzt hatte ich nur die Bekanntschaft von dementen Frauen gemacht. Männer gab es sowieso keine, die man noch so nennen konnte.

Aber im Moment sah es hier nicht besser aus. Erst lockte mich diese halbe Portion hinter sich her, um nun stumm die Blumen beim Welken zu beobachten. Ich seufzte.

»Geht's dir nicht gut, Alma?«, schnarrte sie.

Überrascht hob ich den Kopf. Woher wusste sie meinen Namen? Die Alte starrte weiterhin in die Rosen.

Bevor ich eine Antwort gefunden hatte, fuhr sie fort. »Wie lange bist du jetzt schon bei uns, Alma?«

»Dreizehn Wochen«, sagte ich ohne Zögern. Zeitangaben, Wochentage, Uhrzeiten waren kein Problem für mich. Ich hatte meine Sinne noch beisammen. Außerdem schwärzte ich jeden Morgen das Datum des Tages auf meinem Kalender. Ich wollte auf dem Laufenden bleiben. Und, wer weiß, eventuell verging damit die Zeit schneller.

»Hast dich bereits eingewöhnt?«

»Naja«, ich strich eine Strähne meines weißen Pagenkopfes hinters Ohr und blickte auf meine staubigen Schuhe, »wird schon noch kommen.«

Es war schön hier in Passau, Das musste ich zugeben. Von meinem Fenster aus hatte ich sogar einen Blick auf die Veste Oberhaus. Aber mir wäre eine Kur in Bad Füssing lieber gewesen, als für ewig in dieser Seniorenresidenz zu versauern.

»Bist vielleicht nicht freiwillig hier?« Sie kicherte.

So eine Impertinenz! Es mochte ja sein, dass mein Sohn mich im Heim einfach abgeladen hatte wie ein Stück Möbel, das man nicht mehr brauchte. Aber das war meine Angelegenheit.

»Sie etwa?«, konterte ich.

Da fing sie zu lachen an und ihre Falten drückten sich wie eine Ziehharmonika zusammen. »Genug der Sperenzchen«, sagte sie und setzte sich aufrecht hin. »Wollen wir zur Sache kommen. Ich heiße Theresa. Manche nennen mich Mutter Theresa. Du kannst es halten, wie du willst.«

»Mutter Theresa?«, fragte ich. Also doch eine Verrückte. Schade.

Mutter Theresa nickte. »Und ich helfe den Armen, ihrer Mühsal zu entkommen.«

Wie bitte? Ein Hustenreiz kitzelte meinen Hals. Vor meinem geistigen Auge entstand das Bild der Alten, die mit zitternden Händen Gifttabletten an todessehnsüchtige Bewohner verteilte. Darüber blinkte in Neonbuchstaben *Heim ins Himmelreich*.

»Sie helfen den Armen, ihrer Mühsal zu entkommen?«, wiederholte ich. »Sind Sie ein Todesengel?« Man las ja immer wieder davon.

»Ha!«, rief sie aus und schlug mir mit ihren Gichtfingern auf den Oberarm und damit das Trugbild aus dem Kopf. »Drangekriegt.« Ihr Gesicht strahlte. Sie beugte sich zu mir hinüber. »Wo möchtest du wohnen, wenn du hier heraus könntest?«

Wozu diese Frage? Also war sie doch keine Sterbehelferin? Ich kannte mich nicht mehr aus. Aber verrückt war sie, daran bestand kein Zweifel.

Sie stupste mich an. »Nun sag schon.«

Meinetwegen. Spielte ich eben mit. Ich schloss die Augen. Eigentlich musste ich keine Sekunde überlegen - Italien. Das Land, wo die Zitronen blühten. Der kleine Ort, in dem Fritz und ich unsere Flitterwochen verbracht hatten. Damals vor dreiundfünfzig Jahren. Südlich von Neapel. Alte Steinhäuser an einen Hügel gedrückt, mit Blick auf das blaue Meer. Feigen direkt vor dem Fenster, nach denen ich nur die Hand ausstrecken musste, um sie zu pflücken. Fröhliche Menschen, die sich abends auf der Piazza trafen. Castellabate. Mein Paradies auf Erden. Weit, weit weg. Das verträumte Lächeln, das meine herabhängenden Mundwinkel problemlos nach oben gezogen hatte, zerfloss. Viel zu weit weg.

Als ich blinzelnd in die Realität zurückkehrte, sah ich, dass mich Theresa beobachtete. »Genau dorthin könnte ich dich bringen.« Sie versuchte, ihrer brüchigen Stimme einen einschmeichelnden Klang zu geben.

»Und dann?« Ich klatschte mit den Händen auf meine ausladenden Oberschenkel. »Wie soll ich da leben? Können Sie mir das auch sagen? Mein Sohn hat mich hierher gebracht, weil ich zu Hause allein nicht mehr zurechtkomme.« Ich schluckte. Leiser sprach ich weiter. »Selbst wenn es schmerzt, muss ich zugeben, dass er recht hat. Ich kann nicht mehr richtig gehen, meinen Haushalt nicht mehr verrichten und ...«, die nächsten Worte kamen nur flüsternd aus meinem Mund, »ich habe schon einmal vergessen, den Gasherd auszuschalten.« Ich atmete schwer aus. »Das ist ja ein netter Gedanke mit Italien. Nett, aber ganz wirklichkeitsfremd. Ein Hirngespinst.«

Ich stemmte meine Hände auf die Sitzfläche und wollte aufstehen. Theresa hielt mich zurück.

»Nein, Alma, nein. Kein Hirngespinst. Du musst es nur wollen. Und wenn du dir diese Residenz hier leisten kannst, kannst du dir auch deinen Traum erfüllen.«

Sie zeigte auf die Rosen und sagte mit lauter Stimme: »Schau nur, Alma, ein Schmetterling.« Dann grinste sie an mir vorbei und winkte. Ich drehte mich zur Seite und sah Schwester Marion, die eine Frau im Rollstuhl schob und zu uns herüberblickte. Kritisch, wie mir schien. Theresas harmlose Maske hielt, bis die beiden außer Hörweite waren. Sogleich neigte sie sich wieder zu mir.

»Ich habe vielen alten Leuten schon ihren Traum erfüllt.« Aus ihrer Kittelschürze holte sie ein aufklappbares Fotoalbum, in das man die Bilder einzeln in Plastikhüllen stecken konnte. Sie schlug die erste Seite auf. Mit gekrümmtem Finger wies sie auf das Foto eines Mannes jenseits der Achtzig, der am Arm einer jüngeren Frau vor einem blühenden Bauerngarten stand.

»Das ist Anton. Er wollte nach Österreich. Das war mein erster Klient.«

Sie zeigte auf das nächste Foto. Eine Frau mit grauem Dutt saß vor einer beeindruckenden Felsenformation, die steil ins Meer abfiel. Hinter ihr stand eine patent aussehende Frau, die ihr beschützend die Hand auf die Schulter gelegt hatte.

»Barbara. Sie wollte nach England. Kein Problem.«

Theresa blätterte um und deutete auf ein Bild nach dem anderen. »Walli in Frankreich. Berta in den Niederlanden. Christl auf Malta. Bernhard in Spanien. Kathi in Albanien. Weiß der Himmel, warum. Ursula in Ungarn. Charlotte in Kalifornien. Das war meine Erste in den USA. Dann ging es flott voran. Ferdinand auf Zypern. Paula in Thailand. Bernadette auf Rhodos. Zita in Ohio.«

Mir war schwindlig. Die zufriedenen Gesichter der alten Leute tanzten vor meinen Augen. Blumen. Meer. Häuser mit Fensterläden. Wälder. Bachläufe. Ein Kaleidoskop an Glückseligkeit. Ich wischte mir über die Lider.

»Und ...«, ich musste mich räuspern. Das brennende Verlangen, auch zu diesen glücklichen Alten zu gehören, drückte mir die Kehle zu. »Und, wie funktioniert das?«

Theresa schloss ihr Album und lehnte sich zurück. »Das ist ganz einfach, liebe Alma. Ich töte dich und dann gelangst du in dein Paradies.«

Mein Herz stockte. Also doch.

Ich hatte es gewusst. Aber vielleicht war es wirklich das Beste. Wenn ich keine Freude mehr erwarten konnte und jahrelang in diesem Altersheim eingesperrt war, dann konnte ich auch gleich sterben. Ich sah zu Boden und nickte.

Da fühlte ich, wie Theresa den Arm um mich legte. »Blas nicht unnötig Trübsal«, sagte sie. »Pass auf, ich erkläre es dir.«

***

Wir hatten uns den sechzehnten Oktober ausgesucht. Den Geburtstag meines Mannes. Alles war gut vorbereitet. Ich hatte Unterlagen unterschrieben, Vorkehrungen getroffen, Überweisungen und Daueraufträge getätigt und Theresa hatte mir hundertmal, nein, tausendmal alles haargenau auseinandergesetzt. Trotzdem war ich aufgeregt. Aber wer wäre das an meiner Stelle nicht gewesen?

Ich freute mich auf meine Zukunft. Ich hatte wieder eine Zukunft. Ich würde dem Altersheim entfliehen. Dem zerkochten Eintopf, dem Geruch der Inkontinenzwindeln, der Langeweile und Einsamkeit. Mit Sophia in Castellabate. Theresa hatte Anzeigen geschaltet und wir hatten gemeinsam die Bewerberinnen gesichtet. Sophia war mir sofort sympathisch gewesen. Sophia mit ihren großen dunklen Augen und schwarzen Locken. Eine hübsche Frau. Und das Beste: Sie war rundlich. Da passten wir gut zusammen.

Um acht Uhr abends nahm ich die Tabletten. Zwei Stück, denn Theresa hatte gesagt, dass eine Tablette bei meinem Körpergewicht zu wenig Wirkung hätte. Als ich nachfragte, ob ich denn davon auch wirklich wieder aufwachen würde, beruhigte sie mich. Die doppelte Menge würde mir nicht schaden. Höchstwahrscheinlich. Ein Restrisiko bestünde immer. Aber wer nicht wagt, der nicht gewinnt.

Das Abenteuer konnte beginnen. Ich putzte mir die Zähne, zog mein neues Nachthemd an und legte mich ins Bett. Ich faltete meine Hände über dem Bauch und wartete. Zur Einstimmung dachte ich an Castellabate, das Meer, die Pasta und fiel in einen tiefen Schlaf.

***

Radau weckte mich. Es brannte Licht. Menschen liefen in meinem Zimmer herum. Schwester Renate und Tanja, die Praktikantin. Die Kleine hatte mich gefunden. Das war so nicht geplant gewesen, jetzt jedoch nicht mehr zu ändern. Ich war ihre erste Leiche. Deshalb war sie lauter als nötig. Sie beugte sich über mich und rief meinen Namen. Aber ich konnte nicht antworten. Ich konnte mich überhaupt nicht bewegen. Nicht einen Millimeter.

Theresa hatte es mir vorher beschrieben, aber ich hatte es nicht für möglich gehalten. Jetzt erlebte ich es. Ich hörte, ich fühlte, aber ich war unfähig, zu reagieren. Meine Lider über den geschlossenen Augen zuckten nicht einmal. Es war unglaublich.

Die Altenpflegerin nahm es gelassener. Auch wenn ich mit fünfundsiebzig noch vergleichsweise jung war und auch keine schwerwiegenden Krankheiten gehabt hatte, war mein plötzliches Ableben nichts Ungewöhnliches. Es kam immer wieder vor, dass ein Bewohner über Nacht verstarb. Dieser Ansicht war auch Dr. Steinhuber, den sie gerufen hatten. Er tastete nach meinem Puls, leuchtete in meine Augen und hörte meinen Brustkorb ab. Ohne weitere Umstände zu machen, drückte er mir die Augen wieder zu und stellte den Totenschein aus. Ich hörte seinen Kugelschreiber über das Papier gleiten.

Wehmütig wurde ich, als mein Sohn kam, um sich von mir zu verabschieden. Ihn hätte ich gerne noch ein letztes Mal gesehen. Aber ich bekam meine Augenlider beim besten Willen nicht mehr auf. Wer weiß, vielleicht war es besser so.

»Jetzt hast du's geschafft, Mutti«, sagte Walter und streichelte meine Wange. Oh, mir war zum Weinen zumute! Aber keine Träne quoll zwischen meinen Wimpern hervor und verriet mich.

Kaum war mein Sohn zur Tür hinaus, kamen die Herren vom Bestattungsdienst. Jürgen und Beppo. Ich hatte sie letzte Woche kennengelernt, als wir im Haus einen anderen Todesfall hatten. Nette Jungs, aber nicht unbedingt die Klügsten. Allerdings musste man das in ihrem Gewerbe wohl auch nicht sein.

»Guten Tag, Alma«, sagte Jürgen leise.

»Hallo, Jürgen«, dachte ich.

Die beiden nahmen mich vorsichtig hoch und legten mich in den Sarg. Theresa hatte mir versichert, dass er präpariert war. Sie hatten extra für diese Aktionen Luftlöcher in die Seiten gebohrt. Trotzdem hatte ich ein ungutes Gefühl, in einem Sarg zu liegen. Das konnte auch der weiche Samt, den ich unter meinen reglosen Fingerspitzen fühlte, nicht verhindern.

Auf der Fahrt in das Bestattungsinstitut wurde mir schummrig. Jürgen war ein rasanter Leichenwagen-chauffeur. Außerdem bekam ich nicht genügend Luft. Ich wollte tief durchatmen, aber mein Zustand ließ nur eine extrem flache Atmung zu. Panik stieg in mir hoch. Was passierte, wenn ich ohnmächtig wurde?, dachte ich und schon entschwanden meine Sinne.

Langsam kam ich wieder zu mir. Das Schaukeln hatte aufgehört und durch meine geschlossenen Lider nahm ich Helligkeit wahr. Ich meinte auch, die Wärme einer Lampe auf meinem Gesicht zu spüren. Anscheinend waren wir angekommen.

Allmählich drangen auch Worte in mein Bewusstsein.

»Es war der falsche. Mensch, war ja keine Absicht.« Das war Jürgens Stimme.

»Mensch, der schaut genauso aus, nur mit ohne Löcher«, sprach er weiter. Er klang trotzig. »Hat heut länger gedauert. Der Verkehr, weißt. Ein fürchterlicher Stau. Die wollen alle aufs Oktoberfest in Füssing. Und dann noch der Unfall. Wir sind ned weitergekommen. Keine Ahnung, ob die noch lebt. Wie soll ich des wissen? Wart, Beppo, zwick sie mal.«

»Warum ich?«

»Weil ich gerad telefonier, Blödmann.«

Beppo grunzte. Dann fühlte ich kurz einen Schmerz in meinem Arm. Selbstverständlich reagierte kein Muskel in meinem Körper. Ich wurde wieder müde.

»Hat sich ned gerührt. Ja. Muss die ned bald von allein aufwachen? Genau. Was?« Jürgen hatte hörbar die Luft eingesogen. »Das kannst jetzt ned von uns verlangen, Theresa. Wie? Natürlich will ich ned ins Gefängnis. Naa, der Beppo will auch ned ins Gefängnis.«

»Verreck naa, warum Gefängnis?«, schrie Beppo und weckte mich aus meinem Dämmerzustand.

Der Beppo musste ins Gefängnis? Wieso? Die Müdigkeit drückte meine Gedanken bleiern ins Dunkel. Vielleicht sollte ich einfach ein bisschen schlafen.

»Halts Maul, du Depp. Ja, Theresa, ja, ich hab's kapiert. Ja, so machen mas. Gut. Servus.« Jürgen warf das Telefon auf den Tisch. »Verdammter Scheißdreck«, fluchte er und schlug an meinen Sarg. Ich schreckte auf. Innerlich.

»Was is?«, fragte Beppo.

Das wollte ich auch noch wissen und dann würde ich endlich schlafen.

»Wenn die Oide in einer Stunde ned aufwacht, fahr mas ins Krematorium.«

Krematorium? Die Bedeutung des Wortes war mir nicht sofort parat. Aber es hörte sich beunruhigend an.

»Wieso des?« Beppos Stimme überschlug sich.

»Weil die Polizei im Heim herumschnüffelt, sagt die Theresa. Die Marion hat sie schon lang auf dem Kieker. Sie hat die Theresa wahrscheinlich zu oft mit der Alma gesehen. Und dann ist die Alma plötzlich tot. Genau an dem Tag, an dem die Marion frei hat. Sie hat die Theresa angeschrien und dann hat sie die Bullen geholt. Theresa hat die restlichen Tabletten schon im Klo runtergespült. Sie sagt, sie geht erst mal auf Tauchstation.«

»Mensch, dann ist es aus mit unserem G'schäft?«

»Schaut so. Zwick sie noch amal. Tut sich nix, hä? Ich ruf amal an, ob ein Termin frei is.«

Das hörte sich nicht gut an. Gar nicht gut. Ich sollte... jetzt lieber aufwa...

Und sie lebte glücklich war in der Anthologie *Grüne Soße mit Schuss* aus dem Wellhöfer Verlag, Herausgeberinnen A. Hassel/U. Schmid-Spreer zu lesen.

Für Wandergesellen

Götter, Gräber und Gelehrte

Im Osten dämmerte bereits der Tag. Die Sonne erhob sich langsam aus ihrem Bett in der Anderwelt und begann ihren Lauf über den Himmel. Dunst stieg aus den Frühlingswiesen rund um das riesige Hügelgrab. In dem nahen Wäldchen erwachten die Vögel und priesen Teutates mit ihrem Gesang.

Myrddin streckte sich. Seine Knochen knackten. Alles tat ihm weh. Er war zu alt für diese Nachtwachen. Beschränkte sie sowieso nur auf das Nötigste. Aber bei Jowna war es unumgänglich, dass er als Druide Wache hielt. Sie war die Tochtertochter von Gráda, dem letzten großen Stammesfürsten, der im Zentrum des Hügels begraben war.

Der Alte rappelte sich von seinem Lager am Feuerplatz hoch und setze sich auf. Aus den verkohlten Holzscheiten stieg nur noch ein schmaler Rauchfaden.

»He! Haervin, steh auf!« Der Druide stieß seinen Burschen, der neben ihm lag, mit dem Fuß an. »Haervin! Los!« Wie immer musste er ihn heftig schubsen, bevor der Kerl wach wurde. Myrddin beneidete ihn um seinen gesunden Schlaf.

Der Junge rieb sich die Augen und gähnte herzhaft, rubbelte sich durch die rotblonden Haare und zog die Nase hoch. Als er ansetzte, sich auch noch nach allen Seiten zu strecken und zu dehnen, versetzte ihm Myrddin wieder einen Stoß.

»Trödel hier nicht herum! Hol Holz! Das Feuer erlischt! Schnell!«

Haervin nickte, kam in die Höhe und schickte sich an, den Hügel hinab zu laufen.

»Halt! Warte!« Der Druide winkte ihn zu sich. »Hilf mir!«

Der Bursche eilte zurück, packte seinen Herrn unter dem Arm und half ihm aufzustehen. Er hob dessen eichenen Stab vom Boden auf und hielt ihn dem Druiden mit gebeugtem Kopf entgegen.

Myrddin stützte sich auf seinen Stock. »Wasser«, befahl er und der Junge beeilte sich, ihm aus einem Krug in den tönernen Becher einzuschenken. Der Alte kramte getrocknete Pflanzen aus einem ledernen Beutel an seinem Gürtel, warf ein paar Krümel davon in das Wasser und trank es aus. Ohne seine Mittel kam er nicht mehr in Schwung.

Er scheuchte den Jungen weg, sah ihm kurz hinterher, wie dieser einem Rehbock gleich den Abhang hinuntersprang, dann wandte er sich um. Auf der anderen Seite des offenen Grabes lagen die Weiber eng beieinander auf der Erde. Sie schliefen noch. Immerhin hatten sie bis spät in die Nacht Klagelieder über Jownas Tod in die Dunkelheit hinausgeschrien. Nach Sonnenaufgang würden sie ins Dorf gehen und die letzten Grabbeigaben holen. Erst bei Sonnenuntergang würden sie mit all den anderen aus dem Stamm zurückkehren, und er das Ritual beenden.

Der Alte seufzte. Wie sich der Tag vor ihm dehnte! Er musste endlich seinen Nachfolger ausbilden. Haervin würde es nicht werden. Aber es gab ja noch mehr junge

Männer in der Sippe. Er musste aufhören zu zögern und einen erwählen.

Mit kleinen Schritten entfernte er sich vom offenen Grab. Die ersten Sonnenstrahlen wärmten seinen Rücken. Das tat gut. Die Nacht war kalt gewesen, schließlich war Beltane noch nicht lange vorbei.

Myrrdin ging die in die Erde gesteckten, mannshohen Holzpflöcke ab, die sich über das Hügelplateau verteilten. Viele Monde hatte er gebraucht, bis er die exakte Position der einzelnen Stäbe gefunden hatte. Dieses Wissen würde er mit in sein Grab nehmen. So wollten es auch die Götter. Das hatten sie ihm im Traum befohlen und er hatte es geschworen.

Hinter ihm hörte er Gemurmel. Die Weiber erwachten. Sie standen auf, richteten ihre Gewänder, klopften den Staub aus den Röcken.

»Myrrdin! Schau!«, rief eine von ihnen und zeigte den Hügel hinunter in Richtung Wäldchen. Die anderen hatten sich um sie gescharrt und starrten ebenfalls hinab.

»Was ist denn jetzt schon wieder«, grummelte der Alte. »Das ist doch bloß Haervin mit Feuerholz.« Auf seinen Stab gestützt marschierte er zu ihnen.

Es war Haervin. Aber er war nicht allein. Ein Fremder stieg mit ihm den Hügel herauf. Ein kleiner Mann mit dunklem, lockigem Haar und olivbrauner Haut, ein weißes Gewand wehte um seine nackten Knöchel, an den Füßen trug er Sandalen. Auch er hatte einen langen Stock und benutzte ihn als Hilfe, den Hang zu erklimmen. Über seiner Schulter hing ein großer Leinensack.

Als er oben angekommen war, sah er dem Druiden in die Augen und hob die Hand. »Ich grüße Euch!«

Myrrdin wunderte sich, dass der Fremde ihrer Sprache mächtig war, auch wenn es seltsam klang, wie er die Worte aussprach. Der Alte grüßte zurück und lud ihn ein, sich ans Feuer zu setzen, das Haervin wieder entfacht hatte. Der Fremde zögerte. Er blickte auf die aufgebahrte Tote.

»Ich will nicht stören. Ihr seid gerade bei einem Begräbnis.«

»Ja, heute ist der letzte Tag. Das ist Jowna.«

Der Mann maß den Körper der toten Frau mit Blicken. »Eine Fürstin, so reich wie sie bekleidet ist. So ein fein gearbeitetes Bernsteincollier sieht man nicht oft.«

»Fürstin?«

»Oder Prinzessin. Oder Erste aller Frauen«, versuchte der Fremde, den richtigen Ausdruck zu finden.

»Jowna ist die Tochtertochter von Gráda.« Damit schien für den Druiden alles gesagt.

Eine der Frauen brachte einen neuen Tonkrug mit Wasser. Sie schenkte ein und gab auch dem Gast einen Becher. Danach kehrte sie in die Gruppe der anderen Weiber zurück, die den Ankömmling musterten.

»Ihr könnt jetzt gehen«, sagte Myrrdin zu ihnen. »Heute bei Sonnenuntergang beenden wir das Ritual.«

Unwillig gehorchten die Frauen. Sie warfen dem Mann neugierige Blicke zu, machten sich jedoch auf den Weg. Als sie auf der gegenüberliegenden Seite den Hügel in Richtung des schwarzen Waldes hinabstiegen, wandte sich der Druide an den Fremden. »Wer seid Ihr?« Seine Augen unter den buschigen Brauen schauten misstrauisch.

Der andere lächelte. »Ich bin schon lange unterwegs. Ich komme aus einem Land am Meer namens Hellas, in dem immer die Sonne scheint. Dort ist es nicht so kalt wie bei Euch.« Er streckte seine Hände nach den Flammen des Lagerfeuers aus und rieb sie aneinander. »Mein Name ist Pherekydes. Ihr könnt mich aber auch Peredur nennen, das ist für Eure Zunge bequemer.«

»Der das Tal durchquert«, murmelte der Greis.

Der Fremde lachte. »Ja, genau. Das ist eine schöne Beschreibung von mir. Und Ihr seid Myrrdin, der Druide, nicht wahr?«

Der Alte nickte knapp. »Woher wisst Ihr das?«

»Oh, die Kunde von Euch und Eurem Hügelgrab flog mir schon Tagesreisen entfernt von hier entgegen. Es soll das Größte der Welt sein.«

Myrrdin senkte huldvoll den Kopf. Es schmeichelte ihm zwar, dass dieser Fremde von seiner Arbeit gehört hatte. Aber was wollte er von ihm?

Peredur wies mit ausgestrecktem Arm über das Plateau. »Was bedeuten all diese Hölzer?«

»Warum wollt Ihr das wissen?« Der Druide kniff die Augen zusammen.

»Ich bin Geschichtensammler. Ich reise durch die Länder und schreibe alles Interessante auf.« Er klopfte auf den Sack, der neben ihm lag. »Hier drin sind die phantastischsten Geschichten der Welt.«

»Aufschreiben?«, murrte der Alte. »Wofür soll das gut sein?«

»Nun, für die Nachkommen natürlich! Wenn Ihr schon lange in Eurer Anderwelt weilt und keiner sich mehr daran erinnern kann, welch großer Mann Ihr ward, dann kann man es immer noch auf meinen Schriftrollen nachlesen. In Hundert und aberhundert Jahren.« Er sprang auf die Beine und ging mit weit ausholenden Schritten zu den Holzpflöcken, die aus der Erde ragten. Unter den argwöhnischen Augen Myrrdins spazierte er von einem zum anderen, blickte zurück und nach vorn, schätzte den Abstand zwischen den Stäben und schritt zum nächsten.

Haervin grunzte aufgeregt und zeigte auf den Fremden. Aber der Druide gebot ihm, still zu sein.

Nach einiger Zeit des Hin-und-Her-Laufens rief Peredur: »Das sind Sternbilder, nicht wahr?« Er eilte zum größten Pflock im Zentrum des Hügels und umfasste ihn mit beiden Händen. »Und das ist der Mond.« Er warf einen Blick in Richtung des schon ausgehobenen Grabes, neben dem Jowna lag. »Und Ihr begrabt Eure Toten auf den Positionen der einzelnen Sterne. Welch sagenhafter Einfall!« Er klatschte in die Hände und lief zum Feuer zurück. Die zwei Kelten sahen ihn mit unbeweglicher Miene an.

»Wie seid Ihr darauf gekommen?« Peredurs Augen leuchteten. Er kramte in seinem Beutel und zog einen hölzernen Kasten hervor. Ihm entnahm er eine Schriftrolle. Auch ein Fässchen, mit mehreren Lagen fleckigen Stoffs umwickelt, kam zum Vorschein, ebenso ein Federkiel. Er legte alles bereit und sagte: »Erzählt mir darüber.«

Myrrdin hatte mit wachsendem Unmut den Fremden bei seinen Vorbereitungen beobachtet. Er deutete auf die Schriftrolle. »Was macht Ihr da?«

Peredur hielt den Gänsekiel in die Höhe. »Ich schreibe Eure Geschichte auf. Seht her. Hier tunke ich meine Feder ein – das ist Tinte – und dann führe ich sie über den Papyrus. So.« Er beugte sich über sein Schreibgerät und setzte mit bedächtigem Stolz die ersten Buchstaben. »Schaut! Das heißt Myrrdin. Euer Name.«

Die Miene des Alten hellte nicht auf. »Und was passiert damit, nachdem Ihr alles aufgeschrieben habt?«

»Dann trage ich sie in die Welt und jeder, der will, kann sie lesen. Auch noch in Hunderten von Jahren.«

»So?«

Der Grieche nickte eifrig. »Alle werden erfahren, welch großartiger Astronom Ihr ward. Ein wahrer Gelehrter, der die Sterne auf die Erde brachte, um die Toten seiner Sippe zu den Sternen zu bringen.«

Myrrdin schwieg. Er musste nachdenken. Was der Fremde da sagte, schmeichelte ihm. So bewundernd hatte noch niemand von ihm gesprochen. Noch nicht einmal Gráda, damals vor vielen Sommern, als sie sein Grabmal planten und Myrrdin ihm erklärte, was er vorhatte. Ihn, den Stammesfürsten, als Mittelpunkt des Sternenhimmels zu setzen und all seine Stammesmitglieder als Sterne, die nur zu seinem Ruhme leuchteten. Das gefiel Gráda schon auch. Aber mehr noch lag ihm daran, dass die Grabkammer groß genug war, um seinem Wagen Platz zu bieten.

Der Alte fuhr sich über das Kinn. Hätte er es nicht verdient, sich von der Welt feiern zu lassen? Er blickte in die Ferne. Über den Gipfeln der Bäume flogen drei schwarze Vögel.

Krähen.

Der Druide erschrak. Das war kein gutes Zeichen. Überhaupt nicht.

In diesem Moment schob sich eine Wolke vor die Sonne und es wurde sofort merklich kühler. Wind kam auf. Herbeieilende Wolkengebirge verdeckten den Frühlingshimmel. Bald war das letzte Fleckchen Blau hinter Wänden aus dunklem Grau verschwunden.

Haervin kauerte sich zusammen und umklammerte die Knie. Er gab leise ängstliche Laute von sich.

»Na, Euer Wetter ändert sich aber schnell!«, rief Peredur aus und packte hastig seine Sachen. Der Wind fuhr unter die Schriftrolle und pustete sie nach oben. Der Grieche konnte sie gerade noch fassen. Geschwind rollte er sie auf und steckte sie in den Sack.

Myrrdin stützte sich auf den Schultern seines Burschen ab und kam mühsam in die Höhe. Er streckte beide Hände samt Eichenstab dem wolkenwirbelnden Himmel entgegen.

»Ich habe verstanden!«, brüllte er. Brausende Böen zerrten an seinem Bart. Die langen Haare gebärdeten sich um seinen Kopf wie weiße Schlangen.

Er schwankte im Sturm. »Ich habe Euch verstanden«, brüllte er noch einmal, aber die Worte wurden ihm von den Lippen gerissen. Mühsam setzte sich der Alte wieder. Er gab Haervin einen Wink.

»Schnell, schnell!«

Der Junge rettete den Wasserkrug, kurz bevor dieser umgeweht wurde, und schenkte seinem Herrn ein. Mit Gesten bedeutete der Druide dem Fremden, auch den Becher füllen zu lassen. In der Zwischenzeit nestelte er in dem ledernen Beutel an seinem Gürtel, holte mit drei Fingern getrocknetes Kraut hervor und zerbröselte etwas davon ins Wasser. Dasselbe wiederholte er bei Peredur. Dort war es ein wenig mehr von den Pflanzenkrümeln. Er schwenkte das Gefäß und der andere tat es ihm gleich.

»Austrinken«, rief er seinem Gegenüber zu. »Das vertreibt das Unwetter!« Er war sich allerdings nicht sicher, ob der Wind die Worte nicht wieder davongetragen hatte. Dann leerte er den Becher in einem Zug. Über dessen Rand beobachtete er, dass auch Peredur trank, schluckte, hustete. Aber er hatte das Kraut genommen. Die Dosis müsste reichen. Er selbst war schon fast immun dagegen.

Bildete er es sich nur ein oder wurde der Sturm tatsächlich leichter? Die Haare peitschten nicht mehr so schmerzhaft ins Gesicht. Er sah zu dem Fremden hinüber, der den Leinensack an sich gedrückt hielt, und lächelte ihn an.

»Alles in Ordnung.«

Diesmal musste Myddrin nicht mehr schreien. Das Brausen des Windes wurde schwächer. Die düsteren Wolken verzogen sich zum schwarzen Wald und lösten sich in der Ferne über den finstern Hügeln auf.

Vorsichtig ließ der Fremde den Sack sinken und schaute sich um. Es wehte nur noch ein lauer Wind, der über die Wangen der Männer strich. Wie um sie zu liebkosen.

»Was war denn das?«, fragte Peredur. »Geschieht das hier oft?«

Myrrdin zuckte mit den Schultern. »Manchmal. Aber es ist vorbei. Ihr solltet jetzt gehen.«

Der Grieche drückte den Rücken durch und versuchte, ein gelassenes Gesicht aufzusetzen. »Wir können ja weiterschreiben. Wo waren wir stehengeblieben? Eure Geschichte muss erzählt werden!«

»Ja«, sagte der Druide und stand mit einem Stöhnen auf. »Aber erst, wenn die Menschen zu den Sternen reisen können.« Er ging zum offenen Grab. Jowna lag unversehrt daneben. Es war, als ob der Sturm kein Interesse an ihr gehabt hätte.

»Was?« Peredur kam dem Alten nach, und auch Haervin folgte den beiden.

»Ich halte nichts von diesem Aufschreiben«, sagte Myrrdin. »Ich werde es meinem Nachfolger erzählen und dieser seinem und immer so weiter. Wie es von Anbeginn der Zeit gemacht wurde.«

»Aber…« der Grieche fasste mit einer Hand an sein Herz. Er atmete schwer. »Aber irgendwann wird es verloren sein. Niemand wird sich mehr daran erinnern.« Seine Rede geriet ins Stocken. Auf seiner Stirn stand Schweiß. Er wischte sich darüber und sah auf die nasse Hand. »Was…. Was passiert mit mir?«

»Nichts Schlimmes. Ihr reist weiter.«

Da stieß Haervin einen rauen Laut aus. Er krallte eine Hand in den Arm des Druiden, mit der anderen deutete er nach oben. Die drei Vögel schwebten direkt über ihnen. Krächzend umrundeten sie den Grabhügel und flogen davon.

Gleich darauf stolperte Peredur ein, zwei Schritte, sackte mit einem tiefen Seufzer zusammen und fiel ins offene Grab. Dort blieb er regungslos liegen.

Haervin jammerte auf und griff mit der zweiten Hand nach seinem Herrn. Myrrdin tätschelte ihm den Kopf.

»Alles gut, mein Sohn. Hol die Schaufel.«

Der Druide bückte sich und hob die Schriftrolle auf, die dem Griechen aus dem Leinensack gefallen war. Er blickte nachdenklich darauf, trat ans Feuer und warf den Papyrus hinein. Die Flammen leckten daran. Dann loderten sie hell in den blauen Himmel.

Historischer Hintergrund:
Der Magdalenenberg liegt in der Nähe von Villingen und ist das Hügelgrab eines keltischen Fürsten. Es wurde um 616 v. Chr. aufgeschüttet und hatte ursprünglich einen Durchmesser von 104 Metern und eine Höhe von 10 – 12 Metern. Es ist das größte hallstattzeitliche Hügelgrab in Mitteleuropa. Neben dem Fürsten (mit seinem vierrädrigen Wagen) wurden 126 Nachbestattungen entdeckt, mit reichen Grabbeigaben, u.a. einem Bernsteincollier.

Erst 2011 wurde bekannt, dass mit den Gräbern der nächtliche Sternenhimmel mit den Sternbildern nachgebildet worden war. Mit einer Software von der US-Raumfahrtbehörde NASA konnte das verifiziert werden.

Die Kelten schrieben nichts auf. Pherekydes war tatsächlich ein griechischer Geschichtsschreiber, der ungefähr in dieser Zeit gelebt hat. Allerdings hatte er keine Berührung mit dem Schwarzwald und wurde auch nicht von einem keltischen Druiden ermordet.

Die Geschichte wurde für den Freiburger Krimipreis 2016 nominiert und erschien in der Anthologie *Tannenduft & Totenglocken* im Wellhöfer Verlag, Hrg. Anne Grießer.

Für Comicfans

Pockinghausen

Anton Huber, genannte Doni, hatte es nicht leicht. Zwar war sein Onkel der Chef der größten Bank am Ort, ein echter Geldscheffler also, aber er selbst war nur ein armer Schlucker. Er arbeitete im Fastfood-Restaurant, das ebenfalls seinem Onkel gehörte und dessen Namensgleichheit seine Freunde zu gutmütigem Spott verleiten würde – wenn er denn Freunde gehabt hätte.

Er kümmerte sich um seine Neffen Tim, Tom und Tobi. Drei aufgeweckte Jungs, die am liebsten in ihrer Pfadfinderuniform durch die Gegend rannten und mit ihren acht Jahren schon klüger waren als ihr Onkel. Sie liebten ihn trotzdem.

Eine Freundin hatte er. Rosi. Sie war Kellnerin im *Café Wagner* am Kirchplatz und eine der schönsten Frauen in Pockinghausen, vor allem ihre Augen waren sensationell. Die waren nämlich zwetschgenlila. Und wenn sie ein Blech Zwetschgendatschi anschnitt, fiel einem das besonders auf. Zwetschgendatschi war eine der meistbestellten Backwaren beim *Wagner* und Antons absoluter Lieblingskuchen. Vor allem mit einem dicken Klecks Schlagsahne. Rosi zweigte ihm auch immer ein Stück ab, wenn es ging, und brachte es ihm mit. So nett war sie, außerdem sah sie über seine zahlreichen Missgeschicke hinweg. Die beiden waren glücklich miteinander, wenn nicht gerade sein eingebildeter Cousin Gustl um Rosi herumschwänzelte und ihr schöne Augen machte.

Eines Morgens rief sein Onkel noch vor der Arbeit an.

»Doni, du kommst heut Abend um acht zur Bank. Der Nachtwächter ist krank. Du musst einspringen.« Dann legte er auf, ohne Antons Antwort abzuwarten. Das machte er immer so. Widerworte wären undenkbar.

Anton trank seinen Tee aus. Seine drei Neffen saßen am Küchentisch und schaufelten sich Cornflakes mit Milch hinein.

»Ab… du woll… doch heut mi… uns ins Kino!«, nuschelte Tobi entrüstet und verteilte dabei weiße Tropfen auf der Furnierholzplatte des Tisches. Er schluckte und verbesserte so seine Aussprache. »Wie kommen wir jetzt nachat nach Füssing?«

Früher hatte es in Pockinghausen selber ein Kino gegeben, aber dann hatte in Passau das Cineplex eröffnet und alle Leute waren dahin geströmt. Das kleine Kino im Ort machte Pleite. Einzig das Kino in Bad Füssing hielt sich weiterhin tapfer.

Anton zuckte mit den Schultern. »Dann gehen wir halt morgen.«

»Da musst bestimmt auch arbeiten«, moserte Tom.

»Wenn der Onkel dich erst amal in der Reißn hat.« Tim schaute traurig. Er sprach aus Erfahrung.

»Los, los, aufgeht´s!« Anton scheuchte seine Neffen aus der Wohnung. Sie durften nicht wieder zu spät in die Schule kommen, sonst stand doch noch das Jugendamt vor der Tür.

Er sah den drei Kleinen hinterher, wie sie zur Bushaltestelle rannten, dann brauste er mit seinem alten roten Auto zum Burger-Tempel. Fünf Minuten zu spät.

Sein Chef stand schon mit verschränkten Armen in der Tür und befahl Anton zur Strafe, heute zwischendurch auch noch die Tische abzuwischen. Mit hängendem Kopf trottete Anton in die Küche und machte sich daran, die Tomaten kleinzuschneiden.

Ab elf war Hochbetrieb. Die ersten Mütter machten eine Pause, nachdem sie in den umliegenden Discountern und Supermärkten eingekauft hatten. Dann kamen die Angestellten der Firmen, später die Schulkinder. Doni hatte alle Hände voll zu tun. Immer wenn er eine Ladung Burger fertig hatte, eilte er hinaus ins sogenannte Restaurant, sammelte die Verpackungen ein, stapelte die Tabletts in die Wägen und wischte über die Tische.

Er räumte gerade einer ganzen Gruppe von Kids hinterher, deren Zimmer er lieber nie zu Gesicht bekommen wollte, als eine tiefe Stimme hinter ihm raunte: »Heut Nacht, Jungs.« Trotz des Trubels um ihn herum verstand Anton jede Silbe. Er bückte sich nach heruntergefallenen Pommes und spitzte die Ohren, denn er hatte das Gefühl, dass das Gespräch interessant werden könnte. Und recht hatte er. Denn der Typ sprach weiter.

»Den Nachtwächter hab ich ausgeschaltet. Der ist weg vom Fenster. Der stört uns nicht.«

»Okay«, brummte ein noch tieferer Bass.

»Aber die werden doch einen neuen holen«, quietschte der dritte Mann. Bei diesem schrägen Klang stellten sich Doni die Nackenhaare auf. Angelegentlich fuhr er mit dem Wischlappen zum zehnten Mal über den Tisch.

»So schnell finden die keinen.« Das war wieder der Erste.

»Okay«, stimmte der mit der tiefen Stimme zu.

»Dann um eins, oder?«, fragte Quietschie.

»Um eins«, wiederholte der Erste, der der Anführer zu sein schien.

Von was hatten die Männer bloß geredet? Aber Doni konnte nicht darüber nachdenken, denn neue Gäste drängten ihn rabiat von dem inzwischen mehr als sauberen Tisch weg. Er kam mit den vier Tabletts voller Müll, die er vor sich her balancierte, ins Wanken, steuerte gegen, die ersten leeren Burger-Verpackungen rutschten. Doni wollte sie festhalten, schmiss dabei aber einen Halblitertrinkbecher um und warme Cola ergoss sich in den Kragen von einem der drei Männer.

Splash!

»Hey!« Der sprang erbost auf.

Krach!

Mit einem Knall landeten Antons Tabletts auf dem Boden und deren Inhalt verstreute sich unter den Stühlen und Tischen der Nachbarn. Doni zog seine Kappe tief ins Gesicht, um von den drei Männern nicht erkannt zu werden. Denn inzwischen hatte *er sie* erkannt. Es waren die Knackies. Keiner wusste ihre richtigen Namen. Alle nannten sie nur *Die drei Knackies* und machten einen weiten Bogen um diese fetten, unrasierten Kerle. Pockinghausen atmete jedes Mal auf, wenn die Drei wieder für eine Weile ins Gefängnis mussten. Jetzt waren sie jedoch ganz offensichtlich draußen.

Zwar konnte niemand Antons Gesicht erkennen, aber dafür konnte auch er nichts mehr sehen. So tastete er vom Nebentisch nach Servietten, um damit dem Knackie das

Cola vom Rücken zu wischen. Die Servietten waren allerdings voller Ketchup und Anton schmierte auch noch den Tomatenbatz über den nassen Fleck.

Die zwei anderen Kerle stießen Anton weg. Der war ein Leichtgewicht, flog durch das halbe Geschäft und landete auf dem Getränkeautomaten.

Krawomm!

Die Zapfhähne brachen entzwei, Fontänen aus Fanta, Cola und Sprite zischten in die Luft und spielten Springbrunnen.

Zisch!

Alles schrie. Die drei Knackies am lautesten. Erst als der Geschäftsführer sie mit Gutscheinen für einen Monat kostenloses Essen besänftigte, zogen sie ab. Anton wurde dazu verdonnert, das ganze Lokal zu putzen.

Als er abends damit endlich fertig war – er hatte heute nicht nur eine, sondern drei Schichten gearbeitet –, schleppte er sich zu seinem Auto und schaltete gewohnheitsmäßig sein Handy ein. Sofort klingelte es.

Schrill!

Anton erschrak und wusste gleich, wer das nur sein konnte. Sein Onkel.

Zögernd nahm er den Anruf entgegen. »Ja?«

»Du Kniabiesler, wo bleibst denn? Seit einer geschlagenen Stunde warte ich schon auf dich! Ich muss zu einem Treffen von den Rotariern. Ich hab nicht ewig Zeit, auf meinen Tresor aufzupassen. Schau, dass'd herkommst! Aber dalli!«

Anton blieb nichts anderes übrig, als in seinen schmutzigen Arbeitsklamotten zur Bank zu fahren. Hundemüde, wie er war.

Sein Onkel erwartete ihn schon vor der Eingangstür. Wutschnaubend.

Zum Glück für Anton hatte er keine Zeit mehr, sich noch länger mit der Beschimpfung seines nichtsnutzigen Neffen aufzuhalten. Er drückte ihm nur den Schlüssel in die Hand, sagte, Anton wüsste ja, wo alles sei, und düste mit seiner schwarzen Limousine ab.

Anton schlurfte in die Bank. Der Marmorboden der großen Schalterhalle glänzte sacht in der nächtlichen Notbeleuchtung. Alles war still. Nur die Kameras, die in den Ecken angebracht waren und jeden Winkel überwachten, surrten leise. Anton ging zu einer Seitentür hinaus, einen Gang entlang, eine Treppe nach unten und am Ende des nächsten Ganges war das Zimmer des Nachtwächters. Gleich neben dem riesigen Tresorraum.

Er setzte sich auf den harten Stuhl hinter die Kontrolltheke. Unzählige Bildschirme zeigten die Aufnahmen der Kameras. Es gab Knöpfe, um die Alarmanlage aus- oder einzuschalten, Regler für Helligkeit und Temperatur in den Räumen und noch so einige mehr, von denen Doni aber nicht wusste, für was sie gut waren. Das Wichtigste war die große Telefonanlage, die sowohl eine Direktleitung zu seinem Onkel als auch zur Polizei hatte.

Er fuhr sich über das Gesicht.

Seufz!

Er war müde und hungrig. Was würde er dafür geben, wenn er jetzt ein Stückl von Rosis Zwetschgendatschi hätte! Oder auch zwei. Mit ganz viel Zimt und Zucker. Und obendrauf einen Haufen Schlagsahne.

Knurr!

Sein Magen protestierte. Er sollte lieber an etwas anderes denken. Also kontrollierte er, was er auf den Bildschirmen sehen konnte. Eine menschenleere Schalterhalle. Menschenleere Büros. Menschenleere Flure. Nichts Auffälliges. Er stützte seinen Ellbogen auf den Kontrolltisch und legte den Kopf in die Hand. Wenn er bloß nicht so müde wäre. Wie gut, dass der Stuhl so unbequem war, da konnte man beim besten Willen nicht einschla….

Schnarch.

Was war das? Anton schreckte hoch. Wo war er? Ach ja. Er warf einen Blick auf die Bildschirme. Alle dunkel. Was? Dunkel? Wie von der Tarantel gestochen fuhr er auf. Da war was nicht in Ordnung!

Er stürzte zur Tür hinaus und wollte gerade um die Ecke sausen, den Gang entlang zur Treppe. Da hörte er schwere Schritte die Stufen hinunterpoltern.

Die Knackies!

Geschwind zog er sich wieder in seine Kontrollkammer zurück. Er musste sich verstecken! Wenn die ihn hier entdecken würden, wäre es aus mit ihm! Panisch sah er sich in dem kleinen Raum um. Es gab keinen Schrank, keinen dicken Vorhang, hinter dem er sich verbergen könnte. In seiner Not stülpte er sich den Papierkorb aus

Draht über den Kopf. Papierschnipsel schwebten zur Erde. Er schaltete das Licht aus und stellte sich in die Ecke.

Keine Sekunde zu spät. Denn schon wurde die Tür aufgerissen und ein Knackie steckte seinen feisten Kopf herein. Anton hielt die Luft an und zwickte die Augen bis auf einen Spalt zusammen. Durch das Gitter des Papierkorbs beobachtete er, wie der Knackie seinen Blick durch den Raum gleiten ließ, kurz bei ihm verweilte, dann seinen Schädel zurückzog und die Tür wieder schloss.

»Was die für Lampen haben.«

»Was?«

»Nix.«

Die Stimmen entfernten sich.

Puh!

Das war knapp! Er musste sofort seinen Onkel anrufen. Oder noch besser gleich die Polizei. Die Knackies raubten gerade die Bank aus!

Er flitzte zum Telefon und nahm den Hörer auf. Ein metallenes Knacken ließ ihn zusammenfahren. Er hatte ja noch den Papierkorb auf! Ungeduldig zerrte er ihn vom Kopf und stellte ihn auf den Tisch. So, jetzt konnte er telefonieren.

Aber, was war das? Anton drückte auf alle Knöpfe der Telefonanlage. Nichts. Kein Freizeichen. Gar kein Ton. Sie war tot.

OMG!

Was sollte er jetzt machen?

Er schlich zur Tür und legte sein Ohr an das Holz. Entfernt hörte er ein Schaben und Knirschen. Vorsichtig öffnete er die Tür, streckte den Kopf hinaus und schaute in

Richtung Tresorraum. Dort vorne sprühten Funken. Die Knackies waren gerade dabei, den Tresor aufzuschweißen.

Anton knetete seine Hände. Was sollte er bloß machen? Was!

Klick!

Die Knackies hatten den Tresor offen. Sie grölten vor Begeisterung und schlugen sich auf die Schultern. Der eine stellte sein Schweißgerät ab, die anderen legten ihre Werkzeuge zur Seite. Sie drängelten in den Tresorraum, behinderten sich gegenseitig und schubsten sich weg. Endlich waren alle darin verschwunden.

Das ist die Gelegenheit, dachte Anton und sauste den Gang in die entgegengesetzte Richtung entlang, die Treppe hinauf. Der Hintereingang stand offen. Im Hof parkte ein weißer, rostiger Transporter. Die Türen schon geöffnet, damit ihn die Knackies schnell beladen konnten.

Bling!

Doni hatte eine Idee.

Schnell versteckte er sich. Lange musste er nicht warten, da stapften die Knackies heran. Jeder von ihnen war schwer beladen. Sie hatten sich so viele Goldbarren wie möglich auf die muskulösen Unterarme gestapelt, trugen sie zu ihrem Auto und wollten alle gleichzeitig einladen.

»Lasst's mich vorbei!«, schrie der Erste.

»Naaa, erst komm ich!«, schrie der Zweite.

»Ihr seid's ja deppert, geht's auf d' Seiten!«, schrie der Dritte.

Schups! Knuff!

Irgendwann hatten sie es doch alle in den Transporter geschafft. Das war der Moment!

Anton sprang aus seinem Versteck, schlug die Türen zu und verriegelte sie. Bis die drei Knackies bemerkt hatten, was mit ihnen geschah, war Anton schon in der Fahrerkabine und ließ den Motor an. Er brauste auf dem schnellsten Weg zur Polizeistation. *Brumm! Quietsch!*

Am nächsten Tag feierte Anton mit Tim, Tom und Tobi im Café Wagner seinen Sieg über die Knackies. Sie saßen alle draußen auf der Sonnenterrasse. Rosi brachte gerade eine ganze Ladung sattlilafarbene Datschistücke mit einer extra Portion Schlagsahne. Anton und seine Neffen hatten schon ganz große glänzende Augen.

Da hielt ein Polizeiauto vor dem Café. Der Polizeipräsident in seiner schmucken Uniform und der Bürgermeister von Pockinghausen stiegen aus. Ein Reporter von der PNP kam über den Kirchplatz herbeigelaufen.

Der Bürgermeister überreichte Anton einen riesigen weißen Umschlag und schüttelte ihm die Hand.

»Hier, mein lieber Herr Huber«, sagte er und lachte übers ganze Gesicht. »Das ist Ihre Belohnung für die Ergreifung der Knackie-Brüder. Ohne Sie wären sie mit diesem Bankraub davon gekommen. Die Stadt Pockinghausen, also ich, möchte Ihnen meinen tiefsten Dank aussprechen.«

Bravo! Bravo! Applaus!

Alle grinsten in die Kamera - Anton hatte die vielen Geldscheine aus dem Umschlag geholt und hielt sie stolz in die Höhe - und der Reporter machte Fotos von dem denkwürdigen Akt.

Plötzlich tauchte quasi aus dem Nichts Antons Onkel auf und entriss Anton das Geld.

»Das gehört wohl mir!«, rief er und drückte die Scheine an seine Brust, damit sie ihm keiner mehr nehmen konnte.

»Was?« Alle schauten entgeistert zum Onkel.

Der nickte und wandte sich an Anton. »Du schuldest mir eine neue Tresortür. Außerdem musst du mir den Getränkeautomaten in meinem Fastfood-Restaurant ersetzen.« Hoch erhobenen Hauptes stolzierte er von dannen.

Als sich die anderen, allen voran der Doni, von dem Schock erholt hatten, setzten sie sich an die Caféhaustische.

»Jetzt gibt's erst mal einen Datschi«, rief Rosi und teilte aus. Dem Anton gab sie das größte Stück. Sie klimperte mit den langen Wimpern über ihren zwetschgen-lilafarbenen Augen. »Egal, was dein Onkel sagt. Du bist mein Held.«

Schmatz!

Der Pockinger Wahl-Bürger (und gebürtiger Berliner) Jürgen Wollina hatte 2008 den *einzig wahren Stadtplan von Entenhausen* der Öffentlichkeit vorgestellt. In dreizehn Jahren akribischer Kleinarbeit hatte er 700 Donald Duck-Geschichten mit 52.000 Einzelbildern durchgearbeitet und zu einem Stadtplan vervollständigt.

Pockinghausen erschien in meiner Anthologie *BöfflaMord* im Wellhöfer Verlag.

Für Zoobesucher

Katzen eben

von Peter Goldner

Die Vergangenheit schläft nur. Irgendwann erwacht sie, wie ein Geschöpf der Wildnis, dessen Ohren beim geringsten, von der gewohnten akustischen Kulisse abweichenden Geräusch unmerklich zucken. Die Lider geschlossen wittert es alsbald ein Versprechen. Schon schiebt der Vorhang der Pupille sich lautlos auf.

So leer wie heute war es sonst nie im Zoo.

Olaf stand einsam vor den Gitterstäben. Wie lange hatte er diese Gelegenheit herbeigesehnt. Jetzt gab es kein Zurück mehr. Nachdem er sich zum dritten Mal seines Wissens über die Fütterungszeiten versichert hatte, betrachtete er über den Rand seiner Lesebrille hinweg das dösende Pantherpärchen. Alles beim Alten, noch zehn Minuten. Mit einem unterdrückten Seufzer steckte er die Brille in seine Brusttasche, zog von dort ein Lederetui hervor und entnahm ihm eine Spritze. Er verbarg sie in der hohlen Hand und wartete.

Wohin waren all die Jahre verschwunden? Damals, als er im Zirkus Malfatty-Locatelli seine ungezählten Dressur-Nummern hatte, war wohl seine beste Zeit gewesen. Nur hatte er es zu spät bemerkt. Erst lange nachdem die Besucherzahlen zurückgegangen waren und zu allem Überdruss noch die Tierschützer auftauchten. Diese entsetzlich dummen Leute, die keine Ahnung hatten, was ihm seine Raubkatzen bedeuteten! Wie er jedes Knurren und jeden Blick verstand, wie sie ihn als Oberhaupt anerkannten. Es war immer eine Sache des gegenseitigen Respektes gewesen.

Noch fünf Minuten, sein Puls schlug schneller.

Die junge Wärterin, Marianne, wie er seit einem Monat wusste, bog um die Ecke und lächelte ihn an. So wie man einen etwas verrückten, aber harmlosen alten Bekannten anlächelt, beinahe herzlich. Durch den Besitz einer Jahreskarte und die häufigen Zoobesuche hatte er irgendwann vielleicht auch beabsichtigt, diesen Anschein zu erwecken. Eigentlich war das wohl nur im Nachhinein so zu verstehen. Er lächelte vage zurück. Sie schloss die Seitentür zum Pflegebereich auf, in der Hand eine Kühlbox mit der üblichen Ration Fleisch, und verschwand im Nebenraum. Jetzt galt es zu handeln.

Er stieß einen unterdrückten Schrei aus, stolperte gleichsam in Zeitlupe zur Tür und griff sich mit der Hand an die linke Brustseite, keuchte und stammelte: »Helfen Sie, helfen Sie mir!«

Auf der anderen Seite des Käfiggitters erhoben sich die Tiere und gingen geschmeidig an den Stäben entlang, ohne ihn aus den Augen zu lassen. Ihre fließenden Bewegungen schimmerten auf dem schwarzen Fell.

Olaf befürchtete schon, dass seine Scharade im Übrigen unbemerkt geblieben war, aber nein, eine besorgte Hand schob sich unter seinen Ellenbogen und bot wohlmeinende Unterstützung. »Keine Sorge, ich habe bereits einen Notruf abgesetzt. Die Sanitäter müssen gleich da sein. Legen Sie sich einfach kurz-«

Er bäumte sich auf, täuschte vor, sich festhalten zu wollen, und stach ihr die Spritze in den nackten Oberarm,

leerte den Zylinder bis zum Anschlag. Mit einem ungläu-
bigen Blick sackte Marianne ihm geradewegs in die Arme.
Ineinander verschlungen gingen sie langsam zu Boden.
Auf Knien ließ Olaf die Bewusstlose hastig, aber vorsichtig
in die Horizontale gleiten. Er entfernte die Spritze mit
einem Ruck und starrte mit aufblitzender Besorgnis auf
das Etikett. Sollte er etwa? Nein, alles war in Ordnung. Die
junge Wärterin würde in fünfzehn bis zwanzig Minuten
aufwachen, mit einer Gedächtnislücke, die sich lange genug nicht schließen würde.

Im nächsten Augenblick eilte Olaf in den Nebenraum
und öffnete die Kühlbox. Er entnahm seinem Etui eine
zweite Spritze, jagte die Nadel in das größte Stück rohen
Fleisches und leerte den Zylinder. Den saftigen Brocken
schleuderte er mit letzter Kraft durch die Fütterungsklap-
pe. Einer musste genügen. Misstrauisch, aber hungrig
schlichen die Panther näher.

Die noch halbvolle Futtertasche verstaute er in dem dafür vorgesehenen Kühlschrank. Olaf steckte die gebrauchten Spritzen samt dem Lederetui in eine speziell für diesen
Zweck mitgebrachte leere Brotzeittüte, warf sie in den
Müll und schloss die Tür des Nebenraumes hinter sich zu.
In kaum kontrollierter Eile kniete er sich erneut neben die
bewusstlose Tierpflegerin und ließ den Schlüsselbund
zurück in die Hosentasche ihres Dienstoveralls gleiten.

Geschafft! Er rammte seinen Kopf gegen einen Gitter-
stab des Käfigs. Dahinter stritten sich die Tiere fauchend
um den Fleischbrocken und ließen sich von Olaf nicht
stören. Seine Platzwunde war nur oberflächlich, aber immerhin sickerte Blut heraus. Ohne das Ergebnis weiter

begutachten zu können, legte er sich hin, um seinen Atem zu beruhigen. Es dauerte einige Minuten, bis die Tür aufging. Sanitäter eilten herein und fanden zwei stark benommene Menschen am Boden liegen. Sie trugen sie mit der gebotenen Vorsicht zum Krankenwagen.

Dort kam Olaf scheinbar schnell wieder zu sich und weigerte sich energisch, zur Beobachtung ins Unfallkrankenhaus gebracht zu werden. Seine Konstitution sei sehr robust.

Gegenüber der herbeigerufenen Polizei gab Olaf genau wie die inzwischen wieder erwachte Marianne an, nicht zu wissen, was eigentlich vorgefallen war. Niemand sah sich veranlasst, seine Vermutung von einer oder mehreren räuberischen Personen - Geldtasche weg, die Brille, die Schlüssel und das Telefon hatten *sie* da gelassen - in Zweifel zu ziehen. Wahrscheinlich hatten diese Kriminellen den Zoo schon durch einen Seitenausgang verlassen.

Mariannes erste Sorge galt wie immer den Tieren. Alles bestens, hieß es, sie lägen auf ihren Lieblingsplätzen und hielten ein Verdauungsschläfchen. Katzen eben.

Da es kurz vor Dienstschluss war, bat man Olaf, am nächsten Tag für das Protokoll in die Polizeiinspektion zu kommen. Bis dahin wären auch die Videobänder der Überwachungskameras gesichert, kein Routinefall für den Zoo, aber auch kein Grund zur Panik. Marianne würde die Nacht zur Beobachtung im Spital verbringen.

Dass die Panther kein Verdauungsnickerchen machten, entdeckte man am Morgen. Der Zoo öffnete daraufhin seine Pforten für die Öffentlichkeit erst um die Mittagszeit.

Nur kurz nach der Entdeckung der Tierleichen fanden die diensthabenden Polizeibeamten bei Olafs Adresse eine angelehnte Wohnungstür vor. Mit dem Kopf auf dem Küchentisch ruhte ein glücklich lächelnder, lebloser Körper. Die Lesebrille war ihm von der Nase gerutscht. Vor seinem Gesicht, umspielt von den Lichtreflexen des milden Frühlingstages, lagen eine gebrauchte Spritze und ein Buch.

Wachtmeisterin Eberwein wählte auf ihrem Mobiltelefon die Nummer des Reviers und wartete auf die Verbindung. Dabei blickte sie dem toten Olaf über die Schulter und las die aufgeschlagene Seite des schmalen Büchleins. *Sein Blick ist vom Vorübergehn der Stäbe so müd geworden...*

Die Sätze *Schon schiebt der Vorhang der Pupille sich lautlos auf* und *Sein Blick ist vom Vorübergehn der Stäbe so müd geworden* sind Zitate aus dem Gedicht *Der Panther* von Rainer Maria Rilke.

Für Segler

Zwanzig Jahre später

»Auf unser Wiedersehen.« Frank reißt sein Glas in die Höhe. Prosecco schwappt über den Rand, tropft auf den Tisch und vermischt sich mit der Pfütze neben der Flasche. Die beiden Frauen schwingen ihre Kelche in die Mitte, die Gläser klirren.

»Auf den Urlaub«, sagt Lisa.

»Ja, auf den Urlaub.« Sabrina senkt ihre Lippen an den Rand des Sektglases und trinkt. Feine Bläschen prickeln vor ihrem Gesicht. Durch diesen Schleier blickt Frank ihr in die Augen. Rehbraun und groß. Sie ist immer noch da, die magische Anziehung zwischen ihnen. Er sieht, wie ihr Körper erschaudert und wie hastig sie das Glas leert. Hat sie sich auch gerade an ihre einzige gemeinsame Nacht erinnert?

Er ist fast fünfzig, aber Sabrinas Nähe macht aus ihm einen pubertären Jungen. Er kann nicht stillhalten. Unaufhörlich rutscht er auf der Holzbank, die an der Außenwand der Kajüte angebracht ist, hin und her. Wie soll er sich auch entspannen? Zwischen zwei Frauen. Zwischen den zwei Frauen seines Lebens. Lisa, seine Ehefrau, und Sabrina. Ihre Cousine.

»Was wollen wir morgen unternehmen?« Mit einer Hand fährt Lisa durch ihre frisch blondierten Locken.

Frank klopft auf die Karte, die im Cava-See arg in Mitleidenschaft gezogen wurde. »Wir steuern morgen Cabrera an. Die Ziegeninsel. Soll keine Anspielung sein.« Er lacht. Zu hoch, aber er kann nichts dagegen tun. Die Anstrengung, locker zu bleiben, ist schier unmenschlich.

Von den Frauen kommt keine Reaktion, so redet er schnell weiter. Zu schnell. »Cabrera ist ein Nationalpark. Wir haben die Erlaubnis, für zwei Tage dort zu ankern. Im Mai ist nicht viel los. Wir wohnen in der einzigen Herberge auf Cabrera und morgen tauchen wir. Die Unterwasserwelt ist sensationell, Schildkröten, Wale und Klippen im Meer, die plötzlich bis auf neunzig Meter abfallen. Das Wasser glasklar. Und dann in die Cova Azul, die blaue Grotte, so ein Blau habt ihr noch nie gesehen. Wie Curacao.« Erschöpft hält er inne.

»Gut.« Lisa schaut auf das Meer hinaus.

Sabrina scheint ihm nicht zugehört zu haben. Sie hat den Kopf in den Nacken gelegt und sieht in den sternenübersäten Nachthimmel. Frank folgt ihrem Blick. Wolken schieben sich vor den Vollmond und verdecken ihn. Der Wind frischt auf. Wellen klatschen rhythmisch an die Bootswand. An der Romantik gibt es nichts auszusetzen. Die Ein-Mann-Besatzung aus Kapitän, Schiffsjunge und Smutje hat ein köstliches Mallorquinisches Abendessen aus Fisch in Mandelsauce gezaubert. Der Fisch ganz frisch gefangen. So etwas bekommt man in Deutschland nicht. Sie haben genug zu trinken an Bord und keine lästigen Mitreisenden - bis auf ihre gemeinsame Vergangenheit.

Nach einigen stillen Minuten beugt sich Sabrina vor und spricht Lisa an. »Wie ist es dir in den letzten Jahren ergangen, erzähl.«

»Nun.« Lisa setzt sich zurecht. »Ich bin stets die Karriereleiter hinaufgeklettert und schon seit Jahren Leiterin des Einkaufs. Ohne Lücken im Lebenslauf wegen Kindererziehung ist das keine große Kunst.« Sie hustet und fasst sich an den Hals. Frank kennt diese Geste zur Genüge. Das macht sie immer, wenn sie von ihrer Kinderlosigkeit spricht. Wann kommt sie endlich darüber hinweg? Mein Gott! Sie ist schließlich schon sechsundvierzig.

»Aber das weißt du ja bereits aus dem Weihnachtstelefonat.« Lisa streckt ihre Hand aus, um ihre Cousine zu berühren, zuckt jedoch zurück und umfasst stattdessen ihr Sektglas. »Du musst uns endlich besuchen und – wie war sein Name? – Thorben? mitbringen.«

Sabrina nickt. »Ja, das wäre schön.« Mit einer grazilen Bewegung wirft sie ihre langen schwarzen Haare nach hinten.

Frank nimmt die Flasche aus dem Sektkühler und schwenkt sie. »Die ist leer. Lasst uns noch etwas trinken. José! *One more bottle. Porfavor.*« Ohne Alkohol wird er das hier nicht lange durchstehen. Er weiß, Lisa überwacht jede Geste, jedes Wort von ihm. Er spürt förmlich, wie ihr Blick Löcher in seine Stirn brennt, als ob sie so zu seinen Gedanken vordringen könnte.

Er versteht nicht, warum sie plötzlich mit Sabrina in den Urlaub fahren müssen. Nach zwanzig Jahren Funkstille. Erst dieses Telefonat an Weihnachten. Aus heiterem Himmel hat Sabrina angerufen und sie mit den Plänen für den gemeinsamen Segeltörn überrascht. Lisa war danach sehr, nun, sehr unausgeglichen. Und ihm fiel kein Argument dagegen ein. Er konnte ja schlecht sagen: Bist du dir sicher, mit der Frau in Urlaub fahren zu wollen, die uns beinahe auseinandergebracht hätte?

Ah, da kommt der Nachschub. Frank nimmt dem Spanier die Flasche ab und macht sich am Verschluss zu schaffen. Schwungvoll schenkt er nach, der Cava sprudelt in den Gläsern.

»Hoch die Tassen. So jung wie heute kommen wir nicht mehr zusammen.«

Sie stoßen an.

Lisa wendet sich ihrem Mann zu. Im Plauderton sagt sie: »Sieht sie nicht genauso bezaubernd aus wie damals, Frank.«

Frank versteift sich. Sei auf der Hut, Junge, denkt er. Jetzt beginnt es. »Natürlich, meine Liebe. Ganz bezaubernd.« Und ihre großen Augen ziehen mich immer noch in sich hinein, und ich drohe, mich zu verlieren.

»Ach, Lisa, hör auf«, bittet Sabrina.

»Warum denn? Sind wir nicht deswegen auf diesem Schiff? Lass uns doch die Dinge endlich beim Namen nennen. Mein Mann hier«, bei diesen Worten hält sie Frank ihr leeres Glas auffordernd hin und er beeilt sich einzuschenken, »war vollkommen vernarrt in dich. Nicht wahr, Frank?« Sie stürzt den Schaumwein hinunter und streckt ihm ihr Glas erneut entgegen. Er gießt es bis zum Rand voll.

»Wir wollen nicht an der Vergangenheit rühren, Lisa. Uns geht es gut. Wir sind zufrieden. Oder etwa nicht?« Frank dreht sein Glas in der Hand, dann leert er es in einem Zug. Schließlich ist er vor langer Zeit wieder vernünftig geworden und hat Lisa doch geheiratet.

»Pah. Tu nicht so abgeklärt.« Sie nimmt einen Schluck. »Ich musste all die Jahre gegen das Phantom Sabrina ankämpfen. Und konnte nur verlieren.« Lisa kneift die Lippen zusammen, dann gibt sie sich einen Ruck und trinkt.

134

»José, *one more bottle*!«, schreit Frank über seine Schulter in die Tiefen des Unterdecks. Er hat gewusst, dass es so enden würde. Er hat es gewusst. Allerdings hatte er gehofft, erst noch ein paar sonnige Tage auf dem Meer verbringen zu können. Er hatte nicht gedacht, dass die Bombe schon am ersten Abend hochgehen würde.

Sabrina sieht auf ihre Hand hinunter. Sie dreht am Stil ihres Glases und hat nicht einmal mehr daran genippt. »Es ist so viel Zeit vergangen, Lisa. Kannst du nicht vergessen? Ich hab gehofft, dass wir neu anfangen können. Wir sind doch eine Familie.«

»Eine Familie. Dass ich nicht lache! Ha!« Lisa lehnt sich nach vorn. Ihre Augen schimmern. »Das hätte dir damals einfallen sollen, als du mit meinem Mann geschlafen hast, du Flittchen.« Sie spuckt die Worte ihrer Cousine entgegen. Dann holt sie Luft, um noch mehr vom Stapel zu lassen. Aber Josés Schritte auf der Holztreppe sind zu hören und Lisa klappt den Mund wieder zu.

Sie schweigen. Der Spanier kommt näher, stellt die neue Flasche auf den Tisch, nimmt die leere auf und bleibt einen Moment stehen.

»All okay?« Seine dunklen Augen ruhen auf Sabrinas zierlicher Figur.

»Ja. Ja, alles okay«, antwortet Frank aufgeräumt. »*Is the weather good tomorrow*?« Wenigstens vor dem Spanier will er Normalität vorzutäuschen.

José schiebt seine Kappe nach hinten und reibt sich die Stirn. Dann dreht er seine Hand und wackelt mit dem Kopf. »*It could be stormy that night.*« Er macht eine wegwerfende Handbewegung. »*Oh, no worry. This ship is tucky.*« Er grinst in die Runde, bedenkt Sabrina mit einem Augenzwinkern und kehrt in sein Reich zurück.

Frank hat die Gläser wieder gefüllt. Lisa nimmt einen tiefen Schluck. Eine Träne läuft über ihre Wange. »Damals…«

»Damals, damals.« Ungehalten unterbricht Sabrina sie. Sie sieht in den Himmel hinauf und blinzelt heftig. Nach einer kurzen Pause fügt sie leise hinzu. »Ich sterbe.«

Frank schießt vor. »Was?« Er greift nach ihrer Hand. »Warum?«

Seine Ehefrau schweigt. Hochaufgerichtet sitzt sie an ihrem Platz und hält ihr Glas in beiden Händen.

Sabrina hat den Kopf gesenkt. Die dunklen Haare fallen ihr vor das Gesicht. »Ich habe Leukämie. Die aggressive Form. Nach dieser Fahrt begebe ich mich ins Krankenhaus. Das war´s dann.«

Frank bekommt feuchte Augen. »Nein, Sabrina, nein!«

Auch Sabrina laufen Tränen über die Wangen. »Deshalb wollte ich euch wiedersehen. Ich wollte Frieden schließen. Damit ich in Ruhe….«

»Nein, sag das nicht!« Frank drückt ihre Hand. Der Wind weht inzwischen stärker und bläst ihnen Haarsträhnen ins Gesicht.

»In Ruhe was?«, brüllt Lisa. Sie springt auf. »Sterben? Wegen dir musste mein *Kind* sterben.« Mit einem dumpfen Laut zerbricht das Glas in ihren Händen. Die Scherben schneiden in die Haut. Ihre verkrampften Finger färben sich dunkelrot, aber Lisa bemerkt es nicht.

»Welches Kind?«, fragt Frank.

»Unser Kind, du Arschloch!« Sie wirft die Glasscherben nach ihm, verfehlt ihn jedoch. Der Seegang ist rau geworden, das Boot schaukelt beachtlich. »Ich war schwanger, als du dich mit ihr eingelassen hast. Ja, da staunst du, was?« Sie beugt sich zu ihm hinüber. »Ich kann meine Geheimnisse für mich behalten, du Memme. Im Gegensatz zu dir. Meinst du, ich habe damals nichts gemerkt? Für wie blöd hältst du mich?« Sie schluchzt auf. »Ich war verzweifelt, als wir uns getrennt haben. Ich dachte, es wäre für immer. Ich wollte…, ich konnte das Kind nicht alleine großziehen. Also hab ich's abgetrieben.« Weinend fällt sie auf die Bank zurück. Sie verbirgt ihre Augen mit den Händen, dahinter kriechen blutige Tränen hervor.

Frank stürzt aus der Bank und hetzt zwischen Tisch und Schiffswand hin und her. »Abgetrieben?«, schreit er. »Mein Kind abgetrieben? Warum hast du nichts gesagt, um Himmels willen?«

Lisa stöhnt. Sie presst die Arme gegen ihren Bauch und wiegt sich vor und zurück. »Weil du damals verhext warst«, jammert sie. »Verhext von ihr.«

In Zeitlupe hebt Sabrina den Kopf. Sie ist blass, umso klarer leuchten ihre fein geschnittenen Gesichtszüge. »Das ist schlimm, Lisa. Und es tut mir leid, dass du damals nicht mutiger warst.«

»Was?« Lisa schreit auf wie ein verwundetes Tier. Ihre blutigen Hände wischen über ihr Gesicht und krampfen sich in den blonden Locken fest.

Sabrina spricht unbeirrt weiter. »Aber hier geht es um die Gegenwart. Und in der Gegenwart geht es um mich.«

Sie erhebt sich, strafft den Rücken und sieht auf die zusammengekrümmte Gestalt ihrer Cousine hinunter. »Ich sterbe. Und ich möchte meine Dinge regeln. Deshalb war ich glücklich, als du mit dieser Reise einverstanden warst.«

Lisa springt auf. »Du stirbst?«, kreischt sie. »Du stirbst? Ich bin schon lange tot!« Ihr Gesicht verzerrt sich. »Und du hast mich getötet!« Sie stößt Sabrina zur Seite. Diese taumelt nach hinten, ergreift die Reling, um nicht zu fallen.

»Lisa, beruhige dich doch!« Frank hat seinen rasenden Lauf unterbrochen. Nun macht er einen Schritt auf seine Frau zu und streckt eine Hand nach ihr aus.

Lisa trommelt jedoch mit beiden Fäusten gegen seinen Oberkörper. »Beruhigen? Ich soll mich beruhigen?« Ihre Stimme überschlägt sich. Sie reißt die halb volle Cava-Flasche vom Tisch und haut sie ihrem Mann vor die Brust. Flüssigkeit spritzt nach allen Seiten. Frank wankt, schliddert auf den nassen Planken und fällt auf den Boden.

»*Any problems*?« José ist aufgetaucht.

»Nein!« Lisas gellendes Lachen übertönt für einige Momente das Schlagen der Wellen. »Wer hat hier schon *problems*?« Sie schwingt die Flasche im Kreis über ihrem Kopf. Der schwere Flaschenboden rotiert gefährlich nah über Sabrina in der Luft.

Da wälzt eine gewaltige Welle gegen das Schiff. Die Vier torkeln und Sabrina rutscht in die Flugbahn der Flasche. Das harte Glas schmettert gegen ihre Schläfe, ihr Kopf wird nach hinten geschleudert und ein Rückwärtssalto katapultiert sie über die Reling. Der Wind heult. Frank schreit. Man hört kein Platschen, nur Wasser spritzt meterhoch.

»*Dios mio!*«, ruft José. Mit einem Köpfer fliegt er hinterher. Das Boot ächzt.

»Was hast du gemacht?«, brüllt Frank seine Frau an.

Aber Lisa antwortet nicht, sie würgt. Mit drei Schritten ist sie bei der Reling, beugt sich hinüber und übergibt den Cava dem Meer.

Frank stürzt neben sie. Er kümmert sich jedoch nicht um seine Frau, sondern sucht das brodelnde Wasser nach Sabrina und José ab. Schwärze ist alles, was er sieht. Schwärze, die sich wütend erhebt und mit grauer Gischt die Bootswand emporschlägt. Der Mond bricht durch die dunklen Wolken und beleuchtet die Wellen wie ein himmlischer Scheinwerfer.

»Sabrina«, schreit Frank gegen den tosenden Sturm. »José. Sabrina.«

Aber es antwortet niemand. Der Wind und das Meer spielen mit dem Schiff. Die Gläser rutschen vom Tisch und zersplittern. Die Flasche, die Lisa fallen gelassen hat, kullert von einer Seite des Decks zur anderen.

»Sabrina!« Frank starrt in das tobende Meer, kann jedoch nichts erkennen.

»Sabrina, ja, das hast du zwanzig Jahre im Schlaf gemurmelt. Ich kann es nicht mehr hören.« Obwohl Lisa leise gesprochen hat, ist sie klar zu verstehen.

»Was?« Frank fährt herum.

»Jetzt ist endlich Schluss damit«, schreit sie gegen das Getöse des Meeres an. Sie tritt nah neben ihn. »Ich ertrage es nicht mehr. Hörst du? Ich dachte, ich könnte euch verzeihen. Aber ich kann es nicht!« Sie streckt sich hinauf und packt seinen Hals. Entschlossen legt sie ihr ganzes Gewicht in den Druck der Hände. Die Fingernägel schneiden in seine Haut.

Frank röchelt. Damit hat er nicht gerechnet. Lisa ist stärker, als er es jemals für möglich gehalten hätte. Er greift nach ihren Handgelenken. Sie fühlen sich hart und sehnig an. Lisa verstärkt den Druck und starrt auf seinen Kehlkopf, in den sich ihre Daumen pressen. Die weit aufgerissenen Augen glänzen im dreckigen Gesicht. Durch das getrocknete Blut stehen ihre Locken starr nach oben. Sie macht ihm Angst. Er muss sie loswerden. Auf der Stelle!

Verbissen kämpfen sie gegeneinander. Sie wanken im Sturm. Das Meer spritzt Wasser auf ihre Körper, wie um ihre Glut zu kühlen. Aber sie nehmen keine Notiz davon. Endlich gelingt es Frank, ihre Handgelenke nach außen zu drehen und sie von seinem Hals wegzuziehen.

»Bist du wahnsinnig geworden?« Seine Stimmbänder versagen ihm beinahe den Dienst. Wütend blickt er Lisa an und schüttelt sie. Mit einem Mal scheint alle Kraft aus ihr gewichen zu sein. Sie lässt sich einfach hängen.

Frank stößt sie von sich und dreht sich zum Meer. Er lehnt sich gegen die Windböen und kneift die Augen zusammen. Er muss Sabrina finden und retten! Jetzt mehr denn je. Jetzt ist er frei.

Lisa rutscht langsam an der Holzwand des Schiffes nach unten, plumpst auf ein zusammengerolltes Tau. Meerwasser tropft aus ihren Haaren. Sie sieht hinunter auf ihre zerschundenen Hände.

»Wahnsinnig? Vielleicht«, flüstert sie. »Ich weiß nur eines: Ich will Rache.«

Lautlos saust von hinten der unzureichend vertäute Großbaum heran. Mit Wucht trifft er Frank am Hinterkopf und katapultiert ihn über die Reling. Das Geräusch des Aufpralls verschluckt der Lärm des Meeres.

Lisa wurde erhört.

Für die Anthologie *Mallorca mörderisch genießen* des Wellhöfer Verlages, Herausgeberinnen U. Schmid-Spreer/B. Lamberts steuerte ich die Geschichte *Zwanzig Jahre später* bei.

Für Schüler

und Lehrer

Nachsitzen

»Mama, guck!« Der Junge drückte seine Nase an das mit Eisblumen bedeckte Fenster. Sein Atem beschlug die Scheibe und er wischte die weiße Schicht mit seinem Handschuh weg.

»Das ist komisch«, rief er.

Seine Eltern kamen auf dem tief verschneiten Weg näher. Sie waren aus Norddeutschland nach Bayern gereist, um einen richtigen Winter zu erleben. Bis jetzt wurden sie nicht enttäuscht. Die Schneemassen hier waren gigantisch. Deshalb hatte der Aufstieg nach Leopoldsreut auch länger gedauert, als im Wanderführer angegeben war. Eisig kalt war es hier oben.

Sie wollten sich die Kirche St. Nepomuk und das alte Schulhaus von Leopoldsreut ansehen. Der Wirt von der Henkershüttn unten im Ort hatte ihnen den Tipp gegeben. Ein untergegangenes Dorf. Er hatte seine Kindheit dort bei den Großeltern verbracht. Jetzt war fast nichts mehr davon übrig. Vor fünfzig Jahren waren die letzten Bewohner fortgezogen, die Bauernhäuser dem Erdboden gleichgemacht und die Fläche aufgeforstet worden.

Der Bub war sofort mit der Wanderung einverstanden gewesen. Er hatte sich eine Geisterstadt wie im Wilden Westen vorgestellt. Die anfängliche Enttäuschung über die winzige Kirche und das kleine Holzhaus war vergessen, als er das in der Schule entdeckt hatte. Er wischte wieder über die Fensterscheibe.

Seine Mutter stieg hinter ihm auf den Stein und sah in den dunklen Raum hinein. »Was denn?«.

Als sie es erkannte, drehte sie seinen Kopf abrupt vom Fenster weg, drückte ihn fest an ihren Busen und schrie.

***

Am Vorabend in der Henkershüttn. Trotz ihres Namens war die Henkershüttn eine ganz normale, bayerische Gastwirtschaft. Die Familie aus Norddeutschland aß Leberknödel in einer kräftigen Rindersuppe. Spezialität des Hauses. Die gab es jeden Mittwoch frisch. Nebenbei blätterten sie in ihrem Wanderführer und berieten sich, wohin der nächste Ausflug gehen sollte. An der Theke saßen die üblichen Gesichter und sinnierten über ihren Biergläsern.

Draußen war es bereits dunkel.

Da öffnete sich die Tür und ein älterer Mann brachte einen Schwall Winterluft herein. Er strich sich die Haare vom Scheitel aus glatt und ging quer durch die Gaststube an den Tisch in der hintersten Ecke. Die Blicke der Stammgäste folgten ihm.

Franz Regensburger, der Wirt der Henkershüttn, stellte dem Beni sein drittes Bier hin und wollte sich gerade auf den Weg machen, um den neuen Gast nach seinen Wünschen zu fragen. Da packte Beni ihn am Ärmel und zog ihn zu sich herunter.

»Dem gibst aber kein Bier«, zischte er.

Der Wirt zog die Augenbrauen hoch. »Warum nicht?«

»Weißt nicht, wer das ist?«

»Freilich. Aber ich hab keinen Gerichtssaal, sondern eine Wirtschaft.« Unter seinen buschigen Brauen sah er den Jüngeren fest an. »Und solang einer nicht im Gefängnis hockt, kriegt er von mir ein Bier.«

»Dann schmeckt´s mir nicht mehr«, rief ihm der Beni hinterher und warf das Geld auf die Theke. Im Hinausstapfen holte er sein Handy aus der Hosentasche.

»Da vorn ist er. Duck dich!« Die starken Scheinwerfer des Geländewagens strahlten durch den Vorhang des fallenden Schnees. Am verwaisten Taxistand lehnte ein Mann am Laternenpfahl. Beni bremste ab und der Wagen kam exakt neben dem Wartenden zu stehen. So ein Gefährt mit Vierradantrieb und Voll-ABS war schon eine feine Sache. Er drückte auf einen Knopf und das Beifahrerfenster glitt nach unten.

»Hey! Herr Brandner. Wollen S` mit?«

Der Mann kam näher und beugte sich hinunter, um in den Wagen zu schauen. Für einen sichereren Stand hielt er sich am Autodach fest. Schneeflocken glitzerten auf seinen grauen Haaren. Sein alkoholgeschwängerter Atem vermischte sich mit dem Bierdunst, der schon im Inneren des Autos waberte. »Ja, der Moser Beni.« Der Brandner grinste. Der Beni grinste zurück. Sein alter Lehrer hatte ihn also gleich erkannt. »Mitnehmen willst mich? Fahrst denn in meine Richtung?«

»Des mach ma scho passend.« Beni nickte ihm zu. »Steigen S´ ruhig ein.«

»Ja, dann.« Der Mann ließ sich schwerfällig auf dem Beifahrersitz nieder und zog die Tür zu. Als er nach dem Sicherheitsgurt griff, tauchte hinter seiner Rückenlehne eine Gestalt auf. »Da ist ja noch einer!«

»Grüß Gott Herr Brandner«, sagte Hans. Seine Eunuchenstimme passte nicht zu seiner kräftigen Statur.

Der ältere Mann drehte sich, soweit es ging, nach hinten. »Warst auch in meiner Klasse?« Er kniff die Augen zusammen, um den Mitfahrer besser sehen zu können. Der von den Straßenlaternen angestrahlte Schnee leuchtete durch die Heckscheibe und blendete ihn.

»Nein. Das ist nur ein Freund«, kam der Beni mit dem Antworten zuvor. »Wo wollen S` denn hin, Herr Brandner?«

»Tannenweg 7. In der alten Siedlung ganz hinten.« Er hatte seinen Blick wieder auf seinen ehemaligen Schüler gerichtet. »Einen feschen Wagen hast. Ist das deiner?«

»Freilich. Was denken Sie?« Der Beni schaltete in den nächsthöheren Gang und tippte mit seinen schmalen Fingern auf das Lenkrad.

»Na, der Fleißigste warst nicht damals.« Der Lehrer kramte ein Taschentuch aus seiner Hosentasche und wischte sich die geschmolzenen Flocken von der Stirn. »War nicht leicht mit dir. Warst nicht bloß einmal beim Nachsitzen und Verweise hast auch einen nach dem anderen kassiert. Bist nicht gar durchgefallen?«

Der Gefragte reagierte nicht. Er starrte geradeaus auf die Straße, die Hände nun verkrampft. Sein drahtiger Körper war stocksteif. »Sonst fahren S´ immer Taxi, oder, Herr Brandner?«, brachte er heraus.

»Ist vernünftiger, wenn man ein Bier zu viel intus hat. Gell?« Wie um seine Aussage zu unterstreichen, rülpste Brandner und stieß eine dichte Wolke Wirtshausgestank aus. »Aber heute hab ich ja einen Privatchauffeur.« Er tätschelte Beni den Oberschenkel. Erschreckt sah der auf die schwammige Hand hinunter, die langsam von seinem Bein glitt. Ein Zucken ging durch seinen Körper.

»Und...«, Beni musste sich räuspern, seine Stimme klang heiser. »Sie haben Ihre Hände da, wo sie nicht hingehören.«

»Wie meinst jetzt das?« Der Brandner setzte sein hochmütiges Lehrergesicht auf.

»Das wissen S' selber ganz genau«, fuhr ihn der andere an. »Ich sag nur Trixi.«

»Keine Ahnung, von was du redest. Da vorn musst abbiegen.« Der Brandner deutete mit seiner Hand nach links.

Der Beni bremste aber nicht. Im Gegenteil. Er stieg noch mehr aufs Gas und der Wagen zog an.

»Die Trixi hast angrapscht, du alter Sack.« Das *Sack* spuckte er dem Brandner ins Gesicht. Beim Beni war jetzt Schluss mit der aufgesetzten Höflichkeit. »Sie hat dich nimmer fahren wollen. Und du Depp beschwerst dich. Da hat die Boxleitnerin sie rausgeschmissen. Hochkant. Verstehst!«

»Ho, ho! Immer ruhig mit den jungen Pferden.« Der Brandner schaute seiner Abbiegung hinterher und riss den Arm hoch. »Was soll das? Hier hättst abbiegen müssen.«

»Nix is mit Abbiegen. Nachsitzen wirst jetzt«, keifte Beni. Er imitierte den Lehrer und trieb seine Stimme am Ende höhnisch in die Höhe: »Da kannst dann überlegen, ob das richtig war, was du gemacht hast.«

»Was willst? Lass mich auf der Stelle aussteigen!« Der Brandner langte zum Türgriff. Geschwind drückte der

Beni auf einen Knopf links von ihm. Mit einem Klacken verriegelten sich die Türen. Der Lehrer zerrte am Griff.

»Lass mich raus«, brüllte er. »Sofort!« Da bekam er von hinten, vom stillen Hans, eine Kopfnuss, eine harte.

»Au!« Der Brandner duckte sich. »Seid ihr jetzt ganz deppert?« Er versuchte, dem Beni ins Lenkrad zu greifen. Der jedoch ahnte die Bewegung voraus, riss seinen Ellbogen zur Abwehr nach oben und schrie: »Mach.« Da hatte der andere schon den Kälberstrick über den Kopf vom Brandner geworfen und zog die Schlaufe zu. Nicht allzu fest, aber überzeugend genug.

Der Brandner krächzte vor Schreck und versuchte, seine Hände zwischen den Strick und seinen Hals zu bekommen. Aber dazu war nicht genug Platz. Trotzdem fummelte er weiter. Von drohender Atemnot getrieben.

»Schön brav bleiben.« Nun tätschelte der Beni dem Brandner den Schenkel.

»Wo bringt ihr mich hin?« Der alte Lehrer brachte die Worte nur mühsam hervor. Angst hatte seine Wut gefressen.

»Na, dahin, wo du dich am wohlsten fühlst. In die Schule«, sagte der Beni. Hans kicherte und die Scheibenwischer quietschten.

»Schule? Welche Schule?«

»Das wirst schon noch früh genug merken.«

Wenn der Brandner gekonnt hätte, wäre er vornüber gesunken. Aber der Strick hielt ihn aufrecht. »Und warum?«

»Warum, fragt der. Warum?« Beni äffte seinen Gefangenen nach. »Weil die Trixi in Mainkofen ist. Darum.

Krisenstation. Verstehst? Weil sie es nicht mehr ausgehalten hat, arbeitslos zu sein. Wegen dir Volldepp. Taxlern war nämlich ihr Leben.« Beni wandte seinen Blick kurz von dem Schneegestöber ab, die Augen nur ein Spalt.

»Und was hat die Trixi mit dir zu tun?«, wagte der Lehrer noch einen Vorstoß. Auf der Stelle kam die Antwort. Eine Kopfnuss von hinten. Das hatte schon fast Tradition.

»Sie ist seine Schwester, Du Schnellgneißer.«

Eine Hand am Kopf, die andere am Strick schaute der Brandner auf die Straße. Seine Schwester. Pech. Wie kam er da jetzt wieder raus? Wo waren sie überhaupt? Der Schnee fiel so dicht, dass man kaum die Begrenzungspfosten am Straßenrand ausmachen konnte. Trotzdem behielt der Beni sein Tempo bei.

Ach ja, das Navi. Natürlich, so ein Kracherauto hatte selbstverständlich ein Navigationssystem. Der Brandner konnte *Hinterschmiding* entziffern. Dann bog das Fahrzeug rechts von der Hauptstraße ab. *Graineter Wald* stand auf dem Bildschirm und weiter oben *Leopoldsreuter Wald*. Mein Gott, sie wollten nach Leopoldsreut! In die alte Schule. Mitten im Nirgendwo, im eiskalten Wald.

A dreiviertl Jahr Winter, a viertel Jahr koit, so ist das Wetter im Woid.

Vorsichtig wandte er den Kopf und betrachtete das Profil vom Beni. Verbissen starrte der auf die Straße. Manchmal drehten jetzt sogar die Räder von dem Geländewagen durch und das Auto scherte aus. Auf dem Weg nach Leopoldsreut war schon länger keiner mehr gefahren und der Schnee lag hoch.

Alle drei schwiegen.

Brandner lehnte sich an die Kopfstütze. Die Hände vor seinem Bauch wie zum Gebet verschränkt. Eine letzte Minute Ruhe.

Der Wald lichtete sich, die hohen Bäume traten zurück und gaben einen kleinen Platz mit zwei Gebäuden frei. St. Nepomuk und das Schulhaus. Brandner konnte sie mehr erahnen, als dass er sie sah. Beni fuhr eine Schleife und sein Wagen kam mit der Schnauze in Richtung Heimweg zu stehen. Dann klatschte er in die Hände. Der Druck des Strickes wurde wieder fester. Hans schien aus seiner Lethargie erwacht.

Beni stieg aus, drückte sich gegen den Wind, umrundete das Auto und hielt dem Brandner die Tür auf. Er übernahm den Strick vom Hans, zog daran. »Herr Lehrer.« Er deutete eine Verbeugung an und zeigte in Richtung Schule. Hans stand an seiner Seite und grinste. Er hatte einen Gips am linken Fuß, auf die nackten Zehen legten sich erste Schneeflocken.

Der Brandner blieb stur sitzen und blickte aus der Windschutzscheibe. Aber nicht lang. Beni riss am Strick und der Lehrer beeilte sich, doch auszusteigen.

Draußen wütete der Winter. Der Wind blies die Schneeflocken in einem spitzen Winkel auf die Erde. Die Kristalle stachen wie tausend Nadeln. Brandner kniff die Augen zusammen.

»So, Herr Lehrer, jetzt werden wir dir mal ein bisschen Benehmen beibringen.« Beni zog am Strick und Brandner taumelte nach vorne. »Als erstes, weg mit der Jacke.«

»Nein!« Brandner riss angstvoll die Augen auf. »Willst, dass ich erfrier?«

Der Beni beugte sich nah an sein Gesicht. »Die Kündigung hat die Trixi auch kalt erwischt.« Er hob auffordernd seinen Kopf und sah seinen Freund an. Der griff sich den Jackenkragen vom Brandner, rupfte den Anorak mit einer Bewegung herunter und warf ihn ins Auto. Dann drückte er die Tür der Beifahrerseite zu.

Der Wind tobte um sie herum und zerrte an ihren Haaren. Brandner fing ohne Jacke sofort zu zittern an. Er schlug die Arme um den Körper. »Beni, bitte, sei doch vernünftig. Wenn du mich gehen lässt, sag ich auch nichts. Bitte!« Seine Zähne stießen unkontrolliert aufeinander.

Aber der andere lachte nur auf, eine Hand auf seinen Bauch gedrückt. »Sonst noch was. Dir bringen wir erst mal Manieren bei. Hose runter.«

»Was!«

Ein Ruck am Seil, und Brandner hatte andere Sorgen als seine Hose.

»Mach schon!«, bellte Beni und hielt sich mit verkniffenem Gesicht weiter den Bauch.

Hans gehorchte. Er langte um den Lehrer, knöpfte ihm die Hose auf und zog sie herunter. Nun stand der Brandner erstarrt im Schneesturm, die Hose um seine Fußknöchel. An seiner Unterhose bildete sich ein gelber Fleck, der sich schnell ausbreitete und seine Tropfen bald als Rinnsal zu den Schuhen schickte. Die beiden Jüngeren stierten auf die dampfende Stelle im Schnee.

»Ah«, stöhnte Beni.

Er drückte Hans das Seil in die Hand. »Ich muss mal«, presste er hervor und lief schon Richtung Wald.

»Beni!«, schrie sein Freund hinterher. Der Schnee flog ihm in den offenen Mund. »Der mit seiner verdammten Scheißerei!« Er stapfte mit dem Fuß auf. »Immer wenn´s ernst wird.« Heftig zog er am Strick. »Los, wir gehen.«

Doch Brandner rührte sich nicht von der Stelle. Er schaute dem entschwindenden Beni nach. »Ich muss auch.« Er schlotterte am ganzen Körper. Mit kläglichem Gesicht hielt er sich die Hand vor sein Hinterteil und winselte.

»Das ist jetzt nicht dein Ernst! Seid´s alle inkontinent!«, brüllte Hans. Er stierte den zitternden Lehrer an, sein breiter Unterkiefer mahlte.

Brandner zog seine Augenbrauen in nicht gekannte Höhen. Mit Märtyrerblick trat er von einem Fuß auf den anderen und stöhnte. »Nur ganz schnell«, flehte er. »Da hinter der Autotür. Du willst den Saustall doch auch nicht.«

***

Alles war so wie immer in der Henkershüttn. Die Stammgäste hielten sich an ihrem Glas fest. Ein paar Touristen studierten die übersichtliche Speisekarte und an dem hinteren Tisch beugte sich ein einsamer Herr über seine Leberknödelsuppe.

Der Wirt polierte Gläser. Da ergriff einer von den Thekenbrüdern das Wort. »Seit vorgestern ist der Beni nicht mehr gekommen. Weiß einer was?«

Allgemeines Kopfschütteln. Man nahm allseits einen tiefen Schluck. Da meinte sein Nachbar: »Vielleicht hat er's ja endlich gepackt. Er wollt ja schon immer nach Passau. Oder Regensburg.« Grübelnd nickte er in sein Weißbier. Seine Kumpel brummten zustimmend. Da wär der Beni nicht der erste, der vom *Woid* die Schnauze voll gehabt hätte.

Die Gemütlichkeit wurde jäh unterbrochen. Die Tür schwang auf, ein junger Mann stürzte herein. Leichenblass.

»Sie haben den Beni gefunden! Und den Hans. In Leopoldsreut. Erfroren. Im Schulhaus.« Er musste sich an der Theke festhalten.

»Was?«, fragte ein Stammgast. »Was haben die da draußen gemacht?«

Der Wirt stellte dem jungen Mann einen Obstler vor die Nase. Der nickte ein Danke und trank auf ex. »Woher soll ich das wissen?« Er wischte sich mit dem Handrücken über den Mund. »Die Polizei meint, dass es Mord war.«

»Mord?«, sagten die Stammthekenbrüder wie aus einem Mund.

Der andere nickte. »Ja, weil kein Auto mehr da war. Aber Reifenspuren. Da hat einer die beiden hingefahren, hat die rausgeschmissen und ist wieder weg.« Langsam redete er sich warm. »Da draußen ist kein Handynetz. Also sind sie in die Schule zum Unterstellen. Gegen den Schneesturm. War ja so ein grausliches Wetter am Dienstag. Aber es hat nix genützt. Bei minus 25 Grad erfrierst auch im Haus, wenn der Wind durch die Ritzen pfeift.«

Die Männer schauten dumpf vor sich hin. Sie stellten sich gerade vor, was da draußen passiert war. Und auch der ältere Mann, der am hintersten Ecktisch saß, dachte an die Nacht zurück. Er fasste sich an den Rollkragen seines Pullovers. Die Striemen juckten. Er zog den Stoff vom Hals weg, sein Blick wurde leer.

Hans hatte mit seinem ausladenden Kinn auf das Auto gezeigt. Brandner war mit der Hose um die Füße in die Richtung getrippelt.

»Ich geh hinter die offene Tür«, hatte er schmeichelnd gesagt. »Du willst mir bestimmt nicht zuschauen.«

Da ließ der Hans den Strick locker. Brandner hüpfte hinter die Fahrertür. Mit einem plötzlichen Ruck riss er dem Hans den Strick aus der Hand, schmiss sich ins Auto und drückte die Generalverriegelung. Hans humpelte mit dem Gipsfuß um das Auto, packte den Griff und rüttelte, aber er verschwendete nur seine Energie.

Zum Glück für den Lehrer steckte der Schlüssel. Brandner drehte ihn im Zündschloss und der Wagen sprang sofort an. Brandner erschrak, als der Hans mit seinen bloßen Fäusten auf die Fensterscheibe eindrosch. Das Gesicht zornesrot, aber es war vergebens. Der Lehrer legte den ersten Gang ein und trat das Gaspedal durch. Der Schnee stob unter den Hinterreifen hervor und bedeckte den Hans, den nun nicht mehr stillen, sondern brüllenden Hans unter einer schmutzigen Schicht. Das Profil der Reifen griff, der Geländewagen machte einen beherzten Satz nach vorne und der Brandner jubilierte. Er schlug das Lenkrad ein, um auf den Weg nach Hinterschmiding zu kommen.

Da sprang Beni aus dem Gebüsch. Mit Wut verzerrter Fratze. gleich einer Percht, die in den Raunächten ihr Unwesen trieb. Er hechtete zum Auto, die Hände hoch erhoben.

Aber Brandner schlug Haken wie ein Hase, der Geländewagen gehorchte, der Schlenker gelang. Der unter den Reifen hervorspritzende Schnee begrub Beni und seine Rachetat. Im Rückspiegel sah Brandner, wie dieser sich am Boden wälzte und schreiend sein Bein hielt. Es interessierte ihn nicht, er raste davon.

Ja, so war das gewesen. Der Brandner steckte seine Hand in die Jackentasche und spürte das kalte Metall. Nur den Autoschlüssel musste er noch verschwinden lassen. Dann war Ruhe.

Nachsitzen stammt ebenfalls aus *BöfflaMord*, meiner Anthologie im Wellhöfer Verlag.

Und ziehen Sie keine falschen Schlüsse! Ich hatte eine problemlose Schulzeit. Ehrlich! Andersartigen Aussagen sollten Sie keinen Glauben schenken!

Nachwort

Liebe Leserin, lieber Leser,

herzlichen Dank für Ihre Aufmerksamkeit! Ich hoffe, Sie hatten ein paar vergnügliche Stunden.

Da Sie gerne Kurzgeschichten lesen, lege ich Ihnen auch die Anthologien ans Herz, in denen ich als Herausgeberin die kniffligsten Mordfälle zusammengetragen habe.

In **BöfflaMord** finden Sie außer meinen Geschichten noch 26 weitere niederbayerische Krimis von den unterschiedlichsten Autorinnen und Autoren, www.wellhoefer-verlag.de.

Oder Sie schmökern in **Mordsmäßig Münchnerisch 1 und 2** aus dem Hirschkäfer Verlag. Insgesamt 40 Münchner Stadtteilkrimis erwarten Sie – teilweise mit Rezepten, teilweise mit interessanten Infos zu unbekannten Münchner Orten. Auf alle Fälle mit jeder Menge Spannung und Lesespaß! www.hirschkaefer-verlag.de/krimis

Sie können mir gern auch persönlich schreiben oder über Facebook Kontakt aufnehmen.

info@werner-ingrid.de
www.facebook.com/ingrid.werner.94

Bevor Sie nun dieses Buch (digital) zuklappen, eine **persönliche Bitte** von mir:

Ich freue mir sehr über Ihre **Rezension** auf der Plattform, auf der Sie dieses Buch gekauft haben. Eine Rezension ist eine wichtige Rückmeldung für uns Autorinnen sowie eine gute Orientierungshilfe für künftige Leser und Leserinnen.

Über die Autoren

Ingrid Werner

Ingrid Werner hat sich mit ihren Berufen Bankkauffrau, Juristin, Heilpraktikerin, Entspannungspädagogin und Mutter von drei Kindern perfekt auf das Schreiben vorbereitet.

Die Autorin wohnt mit ihrer Familie und Hund im schönen Rottal, mordet allerdings – literarisch – auch über die Grenzen Niederbayerns hinaus, z.B. in ihrer Geburtsstadt München.

Inzwischen sind schon zahlreiche Krimis – lang oder kurz – erschienen. Außerdem liebt sie es, Anthologien herauszugeben. Gerade versucht sie wieder einmal etwas Neues: Sie sitzt an ihrem ersten Liebesroman und hofft, dass keine Leiche auftaucht.

Ihr allerneuestes Steckenpferd ist *CharakterCards*. Ein von ihr entwickeltes Konzept, mit dem sie andere Schriftstellerinnen und Schriftsteller dabei unterstützt, ihre Romanfiguren besser kennenzulernen.

www.werner-ingrid.de

Peter Goldner

Peter Goldner, seit über 20 Jahren Wahlwiener und beruflich schon etwas länger in der Musik (Klavier, Gesang) frei

und schaffend zuhause, stammt ursprünglich aus Vorarl-
berg. Neben dem noch jungen Interesse fürs Schreiben
liegen die Schwerpunkte der künstlerischen Arbeit im
weniger bekannten Klavierrepertoire der Hochromantik
und im Begleiten und Entfalten der menschlichen Stimme
und ihrer Ausdrucksmöglichkeiten von großer Oper über
Chormusik in geselliger Runde bis hin zu Chanson und
Musical. Diese Leidenschaft führt immer wieder zu ausge-
dehnten Reisen, weshalb auf ihn zuhause auch keine Katze
wartet.

Ingrid Werner (Hrsg.)

Mordsmäßig Munchnerisch 2

20 Stadtgeheimnisse

KRIMI

CHARAKTER
CARDS
Ingrid Werner